邱振刚 著

图书在版编目（CIP）数据

隐秘的时间 / 邱振刚著. -- 合肥：安徽文艺出版社, 2025.2. -- （北极星文库）. -- ISBN 978-7-5396-8253-2

Ⅰ. I247.5

中国国家版本馆CIP数据核字第2024KL4221号

出 版 人：姚 巍
责任编辑：汪爱武　　　　　　　　封面设计：秦 超

出版发行：安徽文艺出版社　www.awpub.com
地　　址：合肥市翡翠路1118号　邮政编码：230071
营 销 部：(0551)63533889
印　　制：安徽新华印刷股份有限公司　(0551)65859551

开本：880×1230　1/32　印张：7.875　字数：157千字
版次：2025年2月第1版
印次：2025年2月第1次印刷
定价：39.80元

（如发现印装质量问题，影响阅读，请与出版社联系调换）

版权所有，侵权必究

目 录

序幕 / 001
第一章 雨夜 / 013
第二章 电流 / 033
第三章 寻踪 / 051
第四章 剧毒 / 063
第五章 设局 / 085
第六章 诱饵 / 093

第七章　现场	/ 114
第八章　迷宫	/ 136
第九章　解谜	/ 154
第十章　困局	/ 175
第十一章　复盘	/ 201
第十二章　真相	/ 226
第十三章　手术	/ 243

序　幕

　　隆冬时节，夜幕早早地笼罩了整座城市。那些摩天大厦里的灯光、数百座立交桥上川流不息的车灯，还有道路两侧不断延伸的路灯，都让这里的夜色更加璀璨，更给这座即将被寒潮侵袭的城市增添了不少暖意。

　　这是一座巨型城市，既有繁华的地带，又有沉静的路段。此时，在城区南部一条不太宽的路旁，一座四层高的建筑物里，依然有几间办公室亮着灯。其中的一间办公室里，一名四十五六岁的中年警官，正在伏案阅读着一份卷宗。他坐姿端正，腰身挺拔，鬓角夹杂着几根白发。办公桌旁的文件柜里，摆满了文件夹和各种奖杯、奖章、证书。墙上还挂着这位警官到国外参加国际刑警交流活动时的照片。

　　办公桌上的台历，显示这天的日期是 2021 年 12 月 17 日。这时，房门被敲响了。"请进"，这名中年刑警抬起了头。一名看起来三十八九岁的女警官出现在门口。她把一半身体探进了办公室，朝那位中年警官指了指腕上的手表。

"高局,都十点了,还不收工?"

"十点了？时间过得真快。"中年警官笑了笑,合上卷宗,把台历翻到新的一页。这一页的空白处,是一行颇为整齐的字体——阎钊警官忌日。

"明天去看阎叔?"他拧灭了台灯,回过头,从椅背上拿起厚外套,边穿边往外走。

"行,明天周六,正好有时间。"女警官答应着。两人顺着楼梯向下走去。在他们身后办公室的铜质铭牌上,是"副局长办公室"几个字。

公安局一楼大厅的墙上,挂着一排石英钟。其中中间位置的那只石英钟,指针已指向晚上10点35分了。其他的钟,则分别显示着东京、纽约、马德里、莫斯科等世界主要城市的时间。

两位警官从楼上走下来,到了一楼。在办公楼一楼大厅的警务公开栏里,张贴有局里各领导和中层干部的照片及职务说明。这位中年警官名叫高峻,是云峡市公安局领导班子里分管刑侦和治安工作的副局长。那位女警官,名叫孟妍,是市刑警队队长。

高峻瞥见走廊尽头的办公室里仍然亮着灯,还传来一阵阵说话声。两人驻足听了一会儿,孟妍说:"那个假日风景小区毒品交易的案子,证据已经齐了,三天后贩毒组织的头目将从国外返回。下午刑警队已经制订了抓捕方案,本来打算明天向您汇报的。刑警队的那几个年轻人一直在细化方案,看看有没有漏洞。"

高峻点点头,说:"咱们过去看看?"

两人进了刑警队办公室,只见墙上的投影上显示的是本市一处高档楼盘的俯瞰全貌,其中一栋楼的内部和四周,分布着星星点点的十多处红色光点。每一处光点,都是将要布置警力的点位。小区的进出口和外面的马路上,也分布有多处警力。在办公室的一侧,五六名青年刑警正或站或坐,热烈地讨论着什么。

"小徐,把抓捕方案给高副局长汇报一下。"孟妍对一个留着板寸头的青年刑警说。

那个年轻警察略显紧张,他清了清嗓子,用手中的激光笔指向投影,说:"本案主犯鲍庆来于两天前离开本市,去美国参加儿子的婚礼。他将在三天后,也就是本月20号返回本市,第二天也就是本月21号下午5点,他将到假日风景小区A栋二层的九如苑茶楼,在一个包间中,和同一天从山西太原抵达本市的毒贩焦伟林进行交易。交易现场预计有五人,鲍庆来方面有他的司机兼保镖孙胜、马仔郑振东,焦伟林方面有他的弟弟焦伟华。本次交易预计涉及毒资五百万元、冰毒三十五千克。交易双方都可能携带枪械。目前我们在该茶楼所有逃跑路线上都设置了警力,确保人赃俱获。位于交易现场三十米外的B栋同一楼层,有警员使用望远镜监视房间,保证随时掌握包间内的交易情况。"

高峻认真听完后,稍加沉思后说:"如果他们拉上窗帘呢?"

"B栋中的警员配备有红外线望远镜,即使拉上窗帘,也可以观察到房间内部的情况。"

"房间中安装窃听器和针孔摄像头了吗?"

"本案主犯非常狡猾,每次交易前都会使用探测设备探测是否装有窃听器和针孔摄像头。为了避免打草惊蛇,房间内没有安装窃听器和摄像头。"

孟妍一扬眉,说:"说明一下现场的警力部署。"

"进入现场的共五人,分别控制五名毒贩。还有两人守在包间门口,茶楼门口、电梯口、楼梯口各一人。这个茶楼窗外是小区花园,为防止毒贩跳窗逃跑,花园里还有两人。为防止罪犯劫持人质,我们还在 A 栋、B 栋各安排特警狙击手一名。"

"茶楼里有人和毒贩勾结吗?"

"已经进行过全面调查,该茶楼的老板、茶艺师均和此案无关。根据我们对鲍庆来的了解,他此前的每次毒品交易,都是提前一周左右随机选择茶楼或餐厅包间进行交易。我们计划等毒贩进入包间开始交易后,就将老板、茶艺师带离,确保抓捕过程中不会伤及市民。"

"和太原警方沟通好了吗?"

"是的,太原警方将同时采取抓捕行动,捣毁焦伟林设在太原郊外一家石灰厂厂房里的冰毒加工厂。"

"对于这个抓捕方案,你们谁还有不同意见?"高峻逐一注视着这几名年轻刑警。

一个留着平头的警察脸上现出犹豫的神情,双手攥了攥,但还是没有举起手。他的肢体语言尽管轻微,但已经被高峻注意到了。高峻转向他,说:"小贺,你对抓捕方案有什么想法?说说看。"

小贺这次不再犹豫了,他说:"我觉得,等毒贩进入包间后,茶楼里还应该再留一名茶艺师。因为毒贩虽然是利用茶楼包间进行毒品交易,但毒贩忽然叫人进去表演茶艺,可能性也是非常大的。所以,如果茶楼里一名茶艺师都不留,说不定会引起毒贩的怀疑,从而取消交易。只要我们在冲进包间抓捕毒贩前,通知茶艺师离开就行了。"

高峻没说话,而是琢磨了十几秒,对孟妍说:"孟队长,你的意见呢?"

孟妍慢慢踱到一面写着"人民卫士"四个烫金大字的锦旗旁,看了几秒钟锦旗,才转过身,看着办公室里年轻的刑警们,缓缓地说:"人民警察之所以是人民卫士,那是因为我们最重要的责任,就是保卫人民群众的生命财产安全。所以,我们绝不能拿普通市民的安全作为破案、抓毒贩的代价,哪怕付出代价的可能性非常小,也是不允许的。试想一下,如果毒贩中途走出包间,发觉有危险,那么完全有可能将茶艺师当作人质。当然,小贺的想法也有道理。我觉得,可以在三天时间内,在茶艺这方面培训一下两名警员,然后由他们假扮茶艺师。当毒贩进入包间后,茶楼自己的茶艺师就退出,由警员留在茶楼内。"

高峻朝孟妍赞许地点点头,说:"孟队长的意见,我赞成。这样的话,能最大限度确保抓捕计划能够顺利实施。"

高峻又嘱咐了他们几句,就和女警官一起走出办公楼。高峻站在台阶上,并没有继续向前走,而是停下脚步,望着面前的院子,说:"小徐、小贺和大于他们真像咱们刚来警队那会儿。你那年大学毕业后第一天来局里,是我当时站在这里,"他指了指自己脚下,说,"奉命等你来报到,帮你办手续。"

孟妍笑着叹口气,说:"那是十八年前的事儿了。你比我早来两年,你当刑警,都已经二十年了。"

高峻说:"阎叔十八岁当户籍警,二十岁当刑警,他去世那年,已经有三十五年警龄了。"

"高局,那明天早上8点,西郊公墓外的停车场见?咱们一块儿去看阎叔。"

"好,从清明节到现在,也有大半年没去看阎叔了。"

两人出了公安局办公楼,向车库走去。此时,公安局一楼大厅的那只石英钟,指针开始飞速地向后旋转起来,石英钟盘面上显示的年份,也从2021变成2020、2019,直到2003。时光倒流得很快,转眼间,已经是十八年前了。

这天早上,还是这栋大楼的台阶上,各个警种的警察正在出出进进地忙碌着。一名留着偏分头的男警察正一脸焦急地边看手表边看向大门外忙碌着的人们。两辆警车正闪烁起警灯,响着警笛飞快地驶出院门。

"哎,高峻,出了这么大的案子,你还不赶快去出现场?"一名从台阶上往上冲的警察见到他,飞快地问了他一句,没顾得上等他回答,就急匆匆地向楼里走去。

"有别的任务,我还有队长给我的其他任务。"高峻喃喃自语着,一脸遗憾的表情。

"什么任务呀?连现场你都不出了。"一名女警察抱着一堆文件夹从他身边快步走过,顺口说道。

"等一个新人,一个来报到的警校毕业生。"高峻眼巴巴地望着两辆警车扬起的尘土,失落地说。

终于,警车在他的视线里完全消失了,他面前的公安局大院也一下子安静了许多。他叹口气,转身往楼里走去。"你好——请问局办公室在哪里?"这时,从他背后传来一个年轻女人的声音。

他转过身,只见一个梳着齐眉短发的女大学生站在台阶下方。她背着双肩包,脚边放着一个行李箱。她手里紧紧攥着一张卡片,卡片上方露出了"派遣证"字样。

他想了想,说:"你是来报到的?你叫孟妍?我是刑警队的高峻。队长他们都出现场去了,让我留下等你。"

高峻带着孟妍先去局人事科办好了入职手续,又到局办公室领了宿舍钥匙。他带着孟妍来到办公楼后面的宿舍楼前停下来,说:"女生宿舍,我不太方便进去。"

孟妍点点头,说:"我可以自己去。"

高峻说:"队长他们都出现场去了,你自己可以去宿舍的话,那我也出现场了。你安顿好了,可以先休息一下,明天来刑警队。"

说完,他就准备转身离开,孟妍并没有进宿舍楼,而是一副欲言又止的神情,站在原地一动不动。高峻说:"你还有别的事儿吗?"

孟妍一脸跃跃欲试,说:"队长他们是去进行现场勘查了?"

高峻点点头,说:"你来之前,刑警队刚刚接到了报警电话,队长马上带队出警了。"

"那我能和你一起去吗?"

高峻犹豫了一下,说:"你报完到了,就算是局里的刑警了。行,你和我去吧,到了现场,你先别下车,我去问问队长。"

孟妍顾不得把行李放回宿舍,说:"那咱们赶快去吧,我的行李先放到车上。"

高峻摇摇头:"不行,局里有规定,公务车辆上不能存放私人物品。"

"你等我一下,我一分钟就下来。"孟妍话音未落,一个箭步,拎着行李箱朝楼里飞奔而去。

高峻看着手表,秒针在转动着,他的脑子里也在想,现场勘查三四个小时,自己比队长晚去两个小时,看来还能赶上现场勘查的后半段。如果复杂一些的现场,就需要五个小时以上,自己亏得就更少了。

一阵脚步声从楼里传来，孟妍鼻尖上挂着汗珠，快步跑到他面前。高峻看着手表说："体格不错，四十三秒，行李箱没放房间里面吧？"

孟妍跟着他快步往车库走去，往空中挥了挥胳膊，说："当然放进去了，哪能搁在走廊里影响别人？在警官大学，我的体能测试，三千米跑、铅球、引体向上这些，我都位列全班前几名。"

两人上了车，高峻一言不发地开车。孟妍看着他紧抿着的嘴唇，试探着说："这是个什么案子？"

"三个小时前，市急救中心接到急救电话，说华永嘉怡温泉大酒店有个三十多岁的男人突然失去知觉，陷入昏迷，急救中心派去的医生经过长时间抢救后，男人还是不治身亡。医生判断，死者并不是死于心肌梗死或者脑出血之类的常见病，更像是中毒而死，就在现场报警了。"

孟妍惊得张大了嘴，说："想不到上班第一天，就遇到这么特殊的案子，简直像侦探小说一样。"

"是你撞上了。两年前我刚来的时候，咱们国家刚刚获得奥运会主办权。当时全国人民一片欢腾，就连犯罪分子也有觉悟了，不愿意给外国运动员留下个不好的印象，各种犯罪案件直线下降。别说大案要案，就连小偷小摸都少了很多。我也是六七月份来局里报到的，可一直到了国庆节后，才发给我一些小案子。对了，你以前出过现场吗？"

"那当然。我在警官大学的时候，刑侦课上老师就给我们组织过模拟现场。"

"模拟现场和真实的犯罪现场还是不一样。"

"真的现场我也去过,大四时我在另一个区的公安局实习,出过好几次现场的。只不过那时我毕竟是在实习,只能跟在老刑警后面听和看,不能正式办案。"

"你们刑侦课的老师是谁?"

"任课老师叫罗照田,学校还经常请一些经验丰富的老刑警给我们讲课。"

"那还真巧,我硕士毕业论文的指导老师就是罗老师。"

"你是刑侦专业的研究生?要这么说,我还得叫你师哥呢。嗯,师哥好。"

"罗老师快退休了吧?有空我得去看看他和师母。当年我们几个研究生去罗老师家里听他讲从前他当一线刑警时的侦查经验,蹭了不少顿师母做的饭菜呢。"

"还是你们研究生好,跟导师接触多。我们本科生就没这个待遇了,老师家在哪儿都不知道。"

"你知道市电视台刚开设了《警情通报》这个栏目吗?每个周五晚上都有。"

"听说过,没怎么看过。最近这半年,我不是实习就是弄毕业设计,哪有时间看电视呀?"

"这个栏目是本市几个分局轮流派人去上的,目前还没轮到咱们局。那些轮到的分局,基本上都会派女警官上。大体的内容是介绍本市需要在市民当中征集线索的案件。有的时候,案子已经破了,但嫌疑人在逃,也会在这个栏目里公布通缉令,上去的人就要详细介绍嫌疑人的体貌特征。"

"我可不想上电视。在公众面前亮了相,以后我想打入犯罪集团内部当卧底就不行了。"

高峻笑了,心想这个姑娘看起来还真的挺热爱刑侦工作。他看了看手表,心里估算着到达现场的时间。

时间又回到2021年。还是那只手表,但戴手表的人,已经从当初的刑警队侦查员,成长为如今的副局长了。第二天早上,正处于寒潮中的云峡市下起了雨夹雪。这座位于西郊的公墓,坐落在一处半山腰上。高峻和孟妍同时驾驶私家车来到山下的停车场。两人各自带着一束黄花,撑着伞向山上走去。

他们来到山坡上的公墓,面前是一片黑色的大理石墓碑。墓园的远方,雨帘中,远处城区里那不计其数的楼群正向着天际延伸。他们看到,墓园中,一对母女正伫立在一块墓碑前。

孟妍轻声说:"阎婶和若雪已经到了。"两人轻轻走过去。那个哭得双目红肿的女孩转过身说:"高叔叔,孟姨,你们来了。"

她的母亲朝他们点点头,又面向墓碑,擦了擦脸上的泪水,说:"老阎,小高、小孟他们来看你了。"高峻和孟妍把花束放到墓碑前,又朝着墓碑深深鞠了一躬。墓碑上是一个中年男人的照片。他五十来岁,身穿九九式警服,国字脸,双眉浓重,不但额头

序幕　011

上皱纹深重,还一直延伸下来,两个脸颊上都分布着几道深深的沟壑。墓碑上面的生卒时间是1952—2005年。

雨夹雪下得越来越密集,阎钊的妻女准备离开了。临走前,阎若雪在孟妍耳边低声说了些什么,然后搀扶着母亲,踩着越来越湿滑的台阶下山。孟妍看着她们远去的背影,轻声说:"若雪刚才说,还有半年,她就要从警官大学刑侦专业博士毕业了。她的导师,还有系主任都和她谈过话了,希望她能留校任教。但是她说,要像父亲一样,到公安局去当一名真正的刑警。"

高峻眼圈有些发红,沉默了一会儿,说:"你知道若雪真正的身世吗?"

"她的身世?她不就是阎叔的……"

"她不是阎叔的亲生女儿。当年,阎叔调查一起入室抢劫杀人案,看到那个受害者的孩子,也就是若雪,因为父母双亡成了孤儿,就收养了她。为了一心一意地照顾她,阎叔和阎婶一直没再要孩子。"

孟妍激动得有些颤抖,两行泪水混合着雪水、雨水,在她的脸上流淌着。此时,雪水和雨水也从墓碑上流淌下来,流到了那行数字上。数字变得模糊了,远处的城市风景也在雨帘和雪雾的交错叠加中,变得模糊了……

第一章　雨夜

　　昂贵的红木书桌上，摆放着一个做工考究、印制精美的台历。台历的基座是铜制的，台历上显示出来的日期，是十六年前的2005年12月28日。

　　这家酒店顶层的总统套房里，洒满了淡金色的夕阳光线。此时，阿拉伯羊毛手织地毯上的图案，墙上的大幅油画，都被涂抹得有了强烈的立体感。

　　这座城市正处于隆冬之中，而这一天，其实也是2005年最冷的一天。来自西伯利亚的寒流，正在城市上空肆虐，气温已经降到了零下十三摄氏度。但是，无论户外的北风如何呼啸，在中央空调轻柔暖风的吹拂下，这间套房里始终温暖如春。谢思慧披着昂贵的真丝睡衣，慢慢啜饮着高脚杯里的红酒，透过落地玻璃窗慢慢俯视着脚下的这座城市。

　　酒店外，是密密麻麻一直延伸到天际线的楼群。楼群之中，那一盏盏逐渐亮起的灯，都是一个个美满的家庭。谢思慧看不到那些楼群里一户户人家的生活场景，她只能去想象，那里有正在享用烛光晚餐的恋人,有正在为孩子的成绩单而欣喜的父母,有为刚刚得到的崭新礼物而惊喜的孩童。

她知道,自从十五年前的那个雨夜开始,自己的一生就和这些幸福绝缘了。

酒液自唇间流淌进喉咙,夕阳已经沉下,天空越来越暗,远处的风景渐渐模糊。她在红木书桌前慢慢坐下,回忆着十五年来自己制造的一桩桩凶案。

一阵轻盈的敲门声传来。她知道,那是自己的助理丁菀。她将为自己带来一套刚刚在国外制作完成的晚礼服。很快,她就要穿着这套华贵的裙装,从这间套房走出,到这家酒店那间最豪华的会议室,主持自己公司的年会晚宴。

此时,关于往事的追忆,她还停留在十五年前。

那一年,一个来自宝岛台湾名叫童安格的歌手,红透了海峡两岸,他唱的《其实你不懂我的心》在大街小巷反复播放,热度能和这首歌相比的,只有他的另一首歌《耶利亚女郎》,和香港一位女歌星演唱的《爱上一个不回家的人》。这位香港歌星,眼睛很小,也谈不上漂亮,却有着动听的歌声,和一个非常美丽的名字——林忆莲。

而在电影院里,这一年最受人们欢迎的电影,是一部剧情非常离奇的《古今大战秦俑情》。这部电影里,巩俐扮演一名命运凄惨的秦朝宫女冬儿。她回眸浅笑的镜头,在电影院之外被无数少女所模仿。而巩俐主演的另一部电影《菊豆》,在同一年上映时，几乎没有引起任何反响。

当时，这些被同学们津津乐道的话题，却对十五年前的谢思慧没有产生任何影响，她甚至说不出这些歌星、影片的名字。

那一年，在她的世界里只有两件事：一件是父母的病情，另一件就是自己的学习。她的命运，就是在那一年，确切地说，是在一个雨夜里，在高考前的雨夜里被彻底改变的。

1990年，在那个雨夜之前，光明中学高三女生谢思慧一直觉得，能够改变自己命运的，只有学习，只有高考。

无论是小学还是中学，她的家境都是同学里面最差的。她的父亲谢俊国在她上小学的时候，因为一次工伤，下肢瘫痪，从此只能生活在病床和轮椅上。她的母亲曹春枝，因为有哮喘病，从来没有正式工作过，哪怕一天。全家所有的开支，只能依赖于谢俊国那一点微薄的伤残补助。这笔钱眼看着就要花完了，幸好这时谢家靠着市里的扶贫助困政策，在离家门口不远的马路边，在街道的帮助下搭建了一个回收烟酒的铁皮亭子。收入虽然微薄，但谢家毕竟有了稳定的经济来源，家里的生活终于有了一点好转。

这个用铁皮盖起来的亭子，不过四平方米，淋过几次雨后就变得锈迹斑斑，看上去颇为寒酸。每天早上，曹春枝照料谢俊国吃完早饭后就来到这里，在这间狭窄的小屋里待上半天，中午回家照顾谢俊国吃午饭，然后再回到这里，待到傍晚。然后，她把一天回收来的烟酒，拿到熟悉的烟酒店里去卖，用中间的一点点差价,支撑起一家人的生活。

全家黯淡的生活里,唯一的一点亮色,就是谢思慧的学习成绩。谢思慧从来不用父母操一点心,从小学到中学,她的成绩一直都稳居全班前三名。进入了高三,她的优势就更加突出了。哪怕是在云集了全市初中尖子生的光明中学高中部,她都一直稳稳占据全班第一名的位置。

老师们都说,按照她的成绩,收到清华或者北大的录取通知书,对她来说只是一个时间问题。

高考越来越近了,距离高考还有一个月的时间,每个毕业班的教室里都出现了越来越多的空位。这些学生因为觉得高考无望,索性辍学,要么早早地开始做一些不需要什么学历的工作,要么就在社会上无所事事地打发光阴。这种现象,在各个中学的毕业班都存在着。

这个时候,为了获得更安静的学习环境,谢思慧也不再来上晚自习了。每个晚上,她都会带着书本,来到曹春枝的那个烟酒回收店,紧紧关上门窗,在里面复习。这一带本来就偏僻,到了晚上,附近一大片地区车辆、行人都很稀少。整个铁皮亭子也显得格外孤零零的,仅从门缝那里,向外面漏出浅浅的灯光。

这天是1990年7月5日,第二天就要高考了。晚上11点,位于城市边缘的铁皮亭子一带比平时更加安静。

谢思慧解完最后一道数学题,合上了习题本。她相信,通过高考,自己一定能按三年来的计划,考上预期的大学和专业,最终改变自己和全家人的命运。收拾好书包,她推开铁皮亭子的窄门,走了出来。当时正值酷暑,虽然到了深夜,四周还是一片闷热,间或有一阵阵闷雷声远远传来。"大概快要下雨了。"她想。

这时,她看到不远处有三个年龄和自己差不多的男生正摇摇晃晃地走过来。左右两边的两个男生,一个非常魁梧,另一个则很矮小,他们嘴里叼着烟,见自己站在店外,就停下脚步,用一种油滑轻佻的神情上下打量着自己。而夹在中间的男生,脸色白皙,体形中等,朝左右两边的男生讪笑着,看起来似乎有些拘谨。

她扫了他们一眼,正要转身锁门,忽然,一阵急促的脚步声从那三个男生的方向传来,很快就到了自己身后。突然,自己的嘴巴被一只大手捂住。她马上去咬这只手,背后的男人低声惨叫着,手自然松开了。她刚要转身,双臂被人牢牢抓住,自己仿佛被一只巨大的铁钳牢牢钳住一样,整个身体一动也不能动。接着,一阵风声向自己的头顶袭来,然后就听见重重的一记闷响。

自己的身体即将不属于自己了。这是谢思慧昏倒前,脑子里闪过的最后一个念头。

不知过了多久,当她从身体里一阵撕裂感和疼痛感中苏醒过来的时候,她马上明白刚刚发生了多么恐怖的事情。她睁开眼睛,发现自己正赤裸着躺在铁皮亭子间的地面上,上衣、裙子和内裤胡乱扔在地上,倾盆大雨的哗哗声从外面传来。

她的第一反应是报警。这个铁皮亭子里有一部电话,白天供

第一章 雨夜 017

路人按照三毛钱一分钟的价格使用,也是她家的一项收入。当她忍着双腿间的剧痛挣扎着站起来,从地上捡起上衣穿上,摸向电话机的时候,她意识到,自己如果真的报警了,第二天的高考就一定无法参加了,她的整个人生,将无法按照原来设想的轨迹,一步步走下去。

她有瘫痪的父亲、身患哮喘的母亲,他们在等待她早日走出校门,为家庭做出贡献。而且,"她被几个男人轮奸过",这样的议论也一定不断刺激着父母,也会伴自己终生。想到这里,她把手收了回来。她告诉自己,一定要坚持参加明天的考试。自己必须先强大起来,才能为这个痛苦的夜晚复仇。

她从货架上取下一包卫生纸,慢慢把自己擦拭干净,然后穿好衣服,把书包紧紧抱在胸前,缓缓关上了门。

在她走回家的路上,大雨还在继续,一道道闪电不停地在半空炸响、掠过。谢思慧回到家里后全身已经湿透了,她一声不吭地穿过堂屋,进了自己的卧室。

她拉亮了灯,最后一次检查身份证、准考证和各种文具是不是已经放进书包。她听到一阵压低的咳嗽声,是曹春枝走了进来。

"小慧,明天就要考试了,你怎么回来得这么晚?外面雨下得真大,我本来想去接你,可你爸不知道怎么回事,老是咳嗽,离不开人。你想吃点什么吗?妈给你做。"

谢思慧转过身背对着母亲,她拼尽全身力气,控制住自己的情绪,说:"妈,不用,我这就睡了。你放心,我准能考上个好大学。"

曹春枝点点头,说:"这些年在学习上,你就没让妈操心过。这回高考,虽然比别的考试都要紧,但妈对你也放心。"

她倚在门框上,看着谢思慧收拾书包,看了一会儿,说:"对了,小慧,明天早上你还是坐出租车去吧,别骑车了,节省点体力。"说完,她转过身,准备去取些钱给谢思慧。

谢思慧从背后抱住曹春枝,靠在她的脊背上,轻声说:"妈,不用了,我骑车能自己掌握时间,坐出租车还怕堵车呢。"

曹春枝慢慢回过头,眼睛里泛着泪花,把谢思慧搂进怀里,轻轻摸着她的头发,说:"小慧,你真是个好孩子,你想吃什么,妈妈明天早上给你做。"

谢思慧在她怀里拱得更深了,说:"明天早上我自己蒸馒头吃就行,做别的怕来不及。明天晚上,我想吃你做的炸酱面。"

曹春枝答应了,又把她搂得紧了一些,说:"小慧,等你考上好大学,咱家的好日子就快来了——"

谢思慧嗯了一声,继续紧紧抱着曹春枝,眼睛里的泪水再一次流了出来,流满了自己的脸,湿润了曹春枝的衣服。

三天的高考,谢思慧凭借多年苦学而形成的强大实力,没有遇到任何考试意外。但是,高考结束后,填报志愿时,她却让周围的人感到震惊。

她报考的不是清华，不是北大，而是本市财经大学。

这所大学的各个专业，的确都是当时最热门的财经类专业，凡是那里的毕业生，都可以分配到本市所辖的各个银行，轻而易举地获得一份稳定的高薪工作。但是，凭借她的成绩，她可以考入全国任何一所大学，选择最好的专业。

在高考成绩公布后，她的班主任曾经问她的报考计划，她当时就说要报考本市财经大学。她说，她一定要努力赚钱，带父亲去最好的医院，尽快让父亲摆脱轮椅，重新站起来，重新用自己的双腿行走，她还要治好母亲的哮喘病。班主任米老师委婉地劝她，说她父亲的病是目前世界医学界都无法解决的难题，不能用自己的未来去赌。她摇摇头，说，只要自己赚到足够多的钱，即使不能治好父亲的病，至少也能让父母生活得更好。

米老师看着这个执拗的孩子，无奈地摇着头。只有谢思慧自己知道，她选择这样的高考志愿，只有一个目的——复仇。

如果她离开本市，她怎么去找到那几个蹂躏过她的人？她要在接下来的时间里，找到那三个蹂躏她的人，还要无情地报复他们，同时，她还要保护好自己。她还要继续做父母的女儿，要让父母的下半生摆脱疾病，过上富裕的日子。

正式填报志愿的前一天晚上，在晚饭的饭桌上，像平常一样，先是谢思慧和曹春枝一起，把谢俊国从床上抬到轮椅上，再把他推到小院子里的餐桌旁。和所有有院子的家庭一样，到了夏天，人们都喜欢在院子里吃饭。

就在谢思慧给父母盛饭时,谢俊国和曹春枝对视了一眼,看来,对于接下来的话,他们已经商量好了。谢俊国先把盘子里最大的一片肉夹给她,说:"小慧,今天老师打电话来,说你跟她说你想报本市财经大学。"

谢家平时吃饭,一向非常节俭,一年到头吃不上几次肉。三天前,因为高考成绩公布,谢思慧的分数很高,曹春枝一高兴,买了一斤肉。她把肉切成三份,这顿饭吃的是最后一份了。

谢思慧点点头,刚要把肉再夹给曹春枝,曹春枝伸出筷子,把那块肉压在谢思慧碗里,说:"小慧,你这次考得这么好,只报市财经大学太可惜了。老师也说,你完全能上清华、北大。你不用担心我和你爸爸,反正咱家的那个小店,也不用整天待在那里,我一个人照顾你爸完全没问题。你还是报清华吧,北大也行。"

谢思慧只好把肉吃了,然后又给谢俊国和曹春枝的碗里每人夹了一块肉,这才说:"妈,上清华、北大,不就是为了毕业后找份好工作吗?所以,我还不如报市财经大学,毕业后就能去银行工作。银行的工资多高啊,好多人想去都去不成。"

谢俊国把筷子放下,说:"小慧,我还没听说能上清华、北大不去上的事儿。虽然你是女孩儿,但这终归是光宗耀祖的事儿。再说了,从清华、北大毕业出来,前途肯定比回来进银行,拿一份高工资强多了。"

谢思慧说:"爸、妈,你们想想,四年后,如果我是从清华、北大毕了业,我的大学同学都分布在各行各业,没有人会帮助我,我

第一章 雨夜 021

只能靠自己。但是,我上了市财经大学,我的同学肯定都会在本市的各个银行,这些都能成为我以后发展的人脉资源。"

曹春枝看了看谢俊国,虽然没说话,但眼神里的意思很明显,那就是"女儿考虑得也有道理"。

但谢俊国摇摇头,说:"小慧,你如果上的是清华、北大,你的同学们以后的发展前途,绝不是市财经大学的毕业生能比得了的……"

谢思慧说:"爸、妈,你们别说了,我绝对不会去上清华、北大,这两所学校都太远了。我就想上市财经大学,一步也不离开你们。"说完,她低下头,大口吃起饭来。

曹春枝和谢俊国又对视了一眼,一起叹口气,摇摇头,慢慢吃起饭来。因为谢思慧的头低得几乎埋进了饭碗,他们谁都没看到,她的眼泪正一滴滴地落在饭碗里。

第二天,谢思慧回到学校去填报高考志愿。因为高考的压力已经卸去,同学们叽叽喳喳说笑个不停。尤其是那些对考试成绩比较满意的学生,相互之间更是仔细商议着怎么填报才更合适。他们既相互沟通着各个高校的招生情况,又各自有着自己的小算盘。

填报高考志愿,历来都是一门学问。报名报得好了,相当于高考成绩增加几十分。报得差了,有可能导致多年的寒窗苦读付诸东流。总之,无数人的命运,都曾因为高考志愿填报而发生天翻地覆的变化。

到了这个阶段,每人都有自己心仪的大学,但谁都不会轻易把自己的真实想法说出去。谢思慧坐到座位上,周围几个同学马上凑了过来,问道:"谢思慧,说说吧,你打算报清华还是北大?"

谢思慧说:"什么清华、北大?和我有什么关系?我只想上市财经大学。"

"不可能吧,谢思慧,你这是放烟幕弹吧?"一个男生站起身来,抱着胳膊看着她。他的学习成绩也不错,一直在班里排前五,也有上重点大学的实力。其实,自从谢思慧走进教室,班里学习成绩好的几位学生就一直注意着她的举动。这几个人里,这个男生性格最张扬,他听谢思慧说要报市财经大学,压根儿不信,第一个质疑。

班里一下子安静下来,四十多双眼睛紧紧盯着谢思慧和那个男生。另外几个优等生更是屏住了呼吸。他们知道,自己的高考成绩肯定比不过谢思慧,而重点大学的招生名额有限,所以,谢思慧报了志愿的学校,他们就不会再报了。

那个男生的话,谁都能听出来有些挑衅的意味。谢思慧鄙视地瞟了他一眼,说:"你呀,爱信不信。"那意思就是在说"你还不配让我放烟幕弹"。

那男生重重哼了一声,说:"行,那过一会儿米老师拿来高考志愿表,我们倒要看看你是不是填市财经大学。"

这时,米老师已经出现在教室门口,学生们马上安静下来。她脸色有些阴沉,望着谢思慧,冷冷地说:"谢思慧,你跟我来一下。"谢思慧出去后,班里重新热闹起来,学生们纷纷议论:"谢思慧真的不报清华、北大?那多可惜啊!"

"米老师肯定会做她的工作,让她报清华、北大。有学生上清华、北大,自己多有面儿啊,学校里说不定还会发一笔奖金呢。"

"米老师怎么会图什么奖金不奖金的?她就是为谢思慧可惜。"

大概三十分钟后,米老师和谢思慧一起回来了。让同学们大感意外的是,两人的眼圈都是通红的。接着,米老师给每人发了一份高考志愿表格。刚一拿到表格,谢思慧就在第一志愿那一格填上了市财经大学。在她身后,好几名同学正盯着她的每一个笔画。等她填完,这几个同学立刻朝那几个优等生用力点点头。优等生们顿时一副如释重负的神情,马上坐端正,在志愿表上填了自己心仪的大学。

米老师把每人的高考志愿表收走了,望着她的背影,谢思慧开始酝酿自己的复仇计划。

9月份,谢思慧刚上大学不久,曹春枝就察觉到女儿似乎有些不对劲。首先,她的话明显变少了。上中学时,她每天放学回到家,都会和父母说上一会儿话才开始学习。可是如今她住校后,每周才回来一次,回来后反而和父母很少说话。她每次进了家门,就扔下书包,扑倒在自己床上睡觉。到了周末,她也不出门,只是把自己关在房间里。

从前,谢思慧的脸上总会挂着笑容,可是现在每次曹春枝看到她,她的神色总是很落寞。有时在家里待上一个周末,也不会笑上一两次。

这个周五下午,曹春枝来到市财经大学门口,躲在马路对面一家小超市的货架后,观察着校门口的动静。到了放学时间,只见拥出校门的庞大的学生队伍中的男生女生都在说说笑笑,男生们相互勾肩搭背,女生们则是手拉手。

谢思慧很快也在人群里出现了。但是,她始终一个人高高地昂着头,表情冷冷的,眼神也是冷冷的。偶尔有女生过去和她说话,可她都是一句话也不说,快步向前走着。

曹春枝的心里打了一个冷战。她知道,一定有某个意外在女儿的生活里出现了。

这天晚上,女儿回家后照例是很快洗漱完就睡觉了。

等到谢俊国睡着后,曹春枝想了想,还是轻轻走进女儿的卧室。她看着沉睡的女儿,不知为何,突然想起了女儿高考前的那个雨夜。那天晚上,女儿回到家时比平时晚了很多,而且浑身湿透。虽然女儿满脸的雨水,但她还是看得出来,女儿刚刚大哭了一场。为了避免刺激女儿,她没有问她到底发生了什么事。如今,女儿以能上清华、北大的成绩,上了市财经大学。她隐隐觉得,这一定和那个雨夜有关。

现在,女儿虽然睡着了,眉头却微微皱着,拳头也在胸口紧握着,好像在梦里都在防备着什么。她轻轻叹口气,不忍心看女儿,把头扭向一旁。

"妈——"女儿轻声喊道。曹春枝转过脸,女儿不知何时已经睁开了眼,正看着自己,眼神异常平静。

曹春枝用力微笑了一下,想了想,这才说:"小慧,上了大学,学习是不是特别累?妈文化水平低,在学习上没有办法帮你。妈听说,大学里最苦最忙的事情是写毕业论文。你现在才上大一,离毕业还远,不用那么拼命学。"

谢思慧嘴唇动了动,似乎想说些什么,但终究还是没有说。

她又说:"小慧,我听别人说,你现在特别不爱说话。"

谢思慧的双眉警觉地皱了起来,说:"你听谁说的?"

曹春枝说:"好多人都在说。小慧,你从前虽然学习用功,但也和别的同学交流挺多的。现在,你是学习太累了,不想理人了吗?"

谢思慧从被子下面伸出手,握住曹春枝的手,说:"妈,你放心,我不会这样了。"

过了几周,曹春枝又在某个周五的下午,来到市财经大学对面的小超市。这次她看到,谢思慧在步出校门时,虽然还是孤零零一个人,但神情已经不是那么落寞了,还会朝校门口的保安点点头,和朝不同方向回家的同学招手道别。

看到这样的场景,曹春枝长长舒了一口气,觉得女儿可能是因为对大学生活还不习惯,也没很快交到朋友,才会表现得孤独一些。她当然不知道,当谢思慧走出校门,四周不再有任何同学时,她很快便泪流满面。

刚进大学时,谢思慧就曾经想到,自己进入大学后会不会很快有男生来追自己,但她还是没想到这件事会来得这么快。

开学后某天,她下午下课后又去图书馆上自习,刚回到宿舍,第一眼就看到自己桌上摆着一大束鲜花,整个房间都笼罩在淡淡的花香之中。她心里一惊,正纳闷儿是谁送的,见自己的舍友郑樱和郝佳媛正站在桌前,看着花束里的卡片,大声念道:"这是我追你的第一步!你能猜到我是谁吗?"

她知道班上有几个男生对自己颇有好感,但是,那个雨夜之后,她已经对男生毫无兴趣,觉得所有的男人都是一群被欲望驱使的野兽。

"'这是我追你的第一步!'这钢笔字写得真不错。这束花至少值三百块钱。第一步出手就这么大方,不知道他的第二步会是什么礼物。"舍友戴昕淡淡地说着,把一张颇为精美的紫色卡片从花束上拿出来,放在桌上。

"不管是谁,他没机会走第二步。"谢思慧冷笑一声,卡片上的字看都没看,就三两下把卡片撕成碎片,接着一把抄起花束,打开窗户就连同手里的碎纸片一起扔了出去。

郑樱和郝佳媛同时大叫"真可惜",站在原地一边叹着气,一边摇着头。而戴昕则缓缓坐下,神情冷淡地看着这一切。

第一章 雨夜 027

这件事的后果就是在她的整个大学时期,再也没有任何一个男生对她表示过好感。

距离那个噩梦般的夜晚,已经过去三个月了。在这三个月里,那种无法言语的耻辱,那种痛苦的记忆,始终如同毒蛇一般咬啮着谢思慧的灵魂。

这三个月里,她一直在做同样的梦。在梦境里,三个面目模糊的男人正朝自己哈哈大笑,然后把自己扑倒,一个接一个地蹂躏自己。每次醒来,她都会在黑暗中发誓,要尽快找到他们。即便自己能力不够,暂时无法报仇,至少要知道他们的踪迹。

在高考前夜轮奸自己的那几个人,她终于弄清了其中一个人的身份。那天晚上,在被蹂躏的时候,自己有一段时间处于半昏迷半清醒状态。虽然自己的身体始终在承受剧痛,但她一动不敢动,甚至不敢睁开眼。她知道,一旦被他们察觉到自己并没有完全昏迷,说不定,他们会杀掉自己灭口。

她迷迷糊糊地记得,刚刚被他们拖进烟酒回收店时,其中一个人说:"杜哥,你先来。"

紧接着,一个庞大沉重的身体覆盖住了她,侵入了她。就在这个"杜哥"蹂躏她时,一股浓烈的腥臭味也冲进了她的鼻腔。对于这个味道,她并不陌生。这是一种只属于鱼虾的味道。

因为家里穷,在她的记忆里,曹春枝从未买过很新鲜的鱼虾,只是偶尔在菜市场买些死鱼死虾。"杜哥"身上的腥臭味道,和那些死鱼死虾的味道一模一样。

她牢牢记下了这个线索。

这个拥有一千五百多万常住人口的城市,一共三百五十多个菜市场。在大学第一年的节假日,她走遍了其中两百多个菜市场,却没有任何收获。她毫不气馁,继续苦苦寻找。

她只有二十岁,一生还长着呢。她相信,自己有足够的时间来找到那三个强奸犯。

大二下学期的一个周末,她来到这座城市另一侧的一个菜市场。无意中,她向菜市场里靠近鱼虾摊的一个干货摊摊主问起这里有没有人姓杜。这一次,对方朝着鱼虾摊方向一努嘴,告诉她,最近的那个鱼虾摊,有个伙计就姓杜,名叫杜庆发。

她吓了一跳,担心被认出来,赶紧低下头。

干货摊的摊主哈哈一笑,问她是不是也是来找杜庆发讨账的。她含含糊糊答应着。干货摊摊主说:"你来晚了,杜庆发因为欠赌账太多,债主多次登门要账,他已经在一个月前被辞退了。"

她一脸震惊地抬起头,那摊主看她是一个年轻姑娘,重重哼了一声,说:"这个狗东西,连女人的钱都骗!"

她小心翼翼地凑到干货摊前,说:"大叔,你知道他去哪里了吗?"

摊主打量了她一眼,说:"姑娘,我劝你啊,他欠你的钱,要是不多,就别指望了,就当扔水里了。这小子,吃喝嫖赌,什么坏事儿都干,听说早就把父母留下的那点儿钱糟蹋完了。唉,他就是为了躲债才跑的,怎么会告诉别人他去哪儿了?"

谢思慧听着听着,心里渐渐弥漫起一股巨大的绝望,她知道这一两年的苦寻又是徒劳无功,泪水忍不住流了下来。她哑着嗓子道过谢,一转身抽泣着离开。

那摊主看着她单薄瘦弱的样子,叹口气,说:"姑娘——"谢思慧停下脚步,他走到她身后,低声说:"杜庆发走的那天,我看见他是骑着摩托车走的,那辆车看起来挺值钱的,这狗东西,也不知道从哪里蒙来的钱。这车的来路肯定不正,他的车牌号码,我顺手记下了。"

说着,他把一张纸条塞进谢思慧手里。

这天晚饭,曹春枝和谢俊国因为白天刚刚做成了几笔好买卖,心情都非常好,两人眉飞色舞,吃得比平时多。谢思慧努力做出和平时差不多的神情,按照正常的速度和表现,吃完了晚饭。终于,谢俊国和曹春枝都睡了,谢思慧在自己的房间里,把那张纸条上的号码抄下来,然后一遍遍看着。

窗外,这个城市已经进入了最寒冷的季节,路面上没有行人,没有车辆,一片枯寂。谢思慧悄无声息地坐着,等她感觉到脸上有一阵阵凉意时,她才知道,原来不知不觉中,泪水已经流满了她的脸颊。

开学后，谢思慧从那辆摩托车的车牌号码开始，查清了杜庆发的全部信息。此人是本市一家轴承厂的子弟，父母都是该厂工人，他和自己同年高中毕业，但他因为成绩太差，索性放弃参加高考，后来无固定职业，以打零工为生。父母病逝后，他一直住在父母留下来的轴承厂家属楼里。

在一个雨夹雪的傍晚，她来到杜庆发所居住的街巷，站在街边，远远望着那座破旧污秽的筒子楼。她知道这种筒子楼普遍建造于20世纪五六十年代，这种房子没有取暖设施，也没有上下水，当年是为了解决轴承厂青年工人的安家问题修建的，如今这里的老住户基本都搬走了，住进来的大多是进城务工者。

冬天，住在这种房子里的人，只能选择自己烧煤炉取暖。她装作找人，在这座筒子楼里转悠了一番。杜庆发家的窗帘没有拉严实，从窗帘的缝隙里，她看到里面有一张堆满脏衣服的弹簧床，油迹斑斑的五斗橱上摆放着一部旧彩电，墙角的沙发上也堆满了啤酒瓶、香烟盒之类的杂物。房子的中间，有一台用来取暖的电热炉。

她觉得，虽然杜庆发身高体壮，但杀掉他并不困难，困难在于，如何通过他知道另外两个轮奸自己的人。还有，就是杀掉他后，自己如何安全地离开，并且绝不能让警察追查到自己。

接下来的几个月，她摸清了杜庆发的活动规律。作为一个街头混混，杜庆发的活动其实毫无规律可言。他有时一整天都在那间破屋子里睡觉，有时外出喝酒鬼混，彻夜不归。她还曾经看到杜庆发有几次带着浓妆艳抹的女人回到住处。

终于,一个计划慢慢地浮现在谢思慧的脑海里。但是,要完成这个计划,需要不菲的资金。这份财力,那时的她是无论如何都不具备的。她决定继续等待。

第二章　电流

校园生活在每个人的记忆里,都会因为爱情、郊游、舞会这些美好的事物而显得格外短暂,但是,对于谢思慧而言,大学只是中学的延续。她不谈恋爱,不准备出国留学,除了寻找仇人,她所有的时间都花在专业学习上。

很快,四年的大学生活结束了,谢思慧如期毕业。她因为在校期间学习成绩优异,多次获得奖学金,分配到了一家效益上乘、薪水丰厚的银行。工作了几个月后,她有了一笔小小的积蓄,她觉得可以开始她的报复计划了。在她的计划里,最核心的内容是和那台电热炉有关的。这就需要她把计划放到入冬后实施。

经过连续几个月的跟踪,她发现,杜庆发每次带回来过夜的女人,都来自一个名叫"花想容"的歌舞厅。以前,她从没去过这种场所。她先是来到本城其他两处类似的歌舞厅,发现里面经常会有一些打扮得非常妖艳、穿着非常暴露的女人,在漫无目的地四处闲逛。她们看到没有女伴的男人,就会抛去媚眼,有时还会躲在墙角里,当有男人经过时,就装作无意地撞到这些男人身上。

以前，她只知道世界上有这种女人存在，但从未真的见过。现在，她亲眼看到这种女人，觉得她们简直比她想象中的还要让人厌恶。但是，她还是强忍着剧烈的反感，去观察这些女人的衣着举止，去学习她们挑逗的眼神，去听她们引诱男人时的职业用语。

这种歌舞厅的门票，一张票的价格相当于她整整一周的生活费。她先是按照那些女人的衣着风格，购置了一套"职业装"。这里面包括一件紧身低胸、缀满亮片的酒红色毛衣，一件黑色的羊皮短裙，一件足可以到大腿根部的网眼袜，一双细高跟黑色皮靴，当然，还要有一瓶廉价的香水，以及更为廉价的眼影、口红之类。

行头置办齐全后，她经常对着镜子，按照她在夜总会、歌舞厅见过的那些女人的样子，精心练习。又过了两个月，她觉得自己已经完全可以模仿那些女人了。尤其令她满意的是，在那些暧昧的场所，灯光也是暧昧的，无论是舞厅还是走廊里，都是一种昏暗的状态。这种光线里，再加上满脸的浓妆，她相信，那个恶棍是认不出自己来的。

这天，是一个寒冷的周四，整个云峡市被裹进从遥远的西伯利亚呼啸而来的一股寒流中，气温骤然降低了十三摄氏度。

谢思慧吃过晚饭，跟父母说银行里要加班，把比平时鼓了很多的背包抱在怀里，匆匆走出了家门。

即将踏上杀人的不归路,她还是有些紧张。她打了一辆出租车,来到"花想容"歌舞厅。买好门票进去后,她先是进了女卫生间,把自己打扮成那种女人的样子。所有的衣服,都是她用背包背进来的,只有那一双皮靴,是她提前在家里换好的。打扮完毕,她出了卫生间,走到舞厅里,在一处格外阴暗的角落,找了个卡座坐下。

她点燃一支香烟,徐徐吐出一大团烟雾。然后,借着烟雾的掩护,她仔细打量着四周的一切。此时,虽然已是深夜,却是娱乐场所的黄金时间。只是这一天,因为一场突如其来的寒流,人们更愿意待在家里,舞池里颇为空旷,只有两三对男女在旋转飞舞的灯光下跳着慢四舞。舞池四周的十几个卡座里,坐了不到十个人。其中,至少有三四个女人一看就是那种特殊职业的从业者。

谢思慧暗暗和她们比较了一下,觉得无论相貌还是年龄,自己都是颇占优势的。她早就弄清楚了那些男人来这里猎艳的常规套路:无非就是假装邀请某个正待价而沽的女人跳舞,然后再观察女人的相貌、身材,如果满意的话,就谈妥价格,一起离开这里。

很明显,对于这种娱乐场所,舞厅不是真正赚钱的地方,走廊尽头的那一间间卡拉OK包间才是,舞厅只是起到一个聚拢人气的作用。所以,尽管她没有任何消费,那些藏在墙角和柱子后面的保安也没来打扰她。

时间在慢慢流逝,她的第一支香烟很快抽完了。她飞快地点燃了第二支,她需要烟雾来掩饰内心的焦虑。很快,陆续有陌生的男人进了舞厅,逡巡着寻找满意的女人。也有男人来到她面前,用邪气十足的眼神上下打量着她。

她早就做好准备,每当有男人站到她面前,她都是不屑地甩出一个白眼,然后扭过头去。果然,那几个男人见状便讪讪地离开了。夜越来越深了,墙上的石英钟指示已经过了晚上9点。谢思慧更加焦虑了。她紧紧盯着墙上的石英钟,看着时针正在一点点接近晚上10点,那是她给自己确定的最晚离开时间。

这时她发现,在一根柱子后面,两个保安正在嘀咕着,还时不时朝自己这边指指点点。她心里陡然一惊,知道自己刚才接连拒绝三个男人的行为,已经被这两个保安注意到了。她不能再冒险继续等下去了,她扔下烟头。就在她准备起身离开的时候,一个高大熟悉的身影在远处出现了。这个男人双手揣兜,用一种颇为猥琐的姿势,沿着卡座慢慢逛了过来。

杜庆发终于来了! 谢思慧的心跳怦怦怦地加快了,她赶紧坐稳,把本来就很短的裙子又往上拉了拉,点燃一根烟,装出一副百无聊赖的神情。

在她下垂的视线里,一双劣质黑色皮鞋出现了。

"妹子,陪哥跳个舞?"杜庆发轻佻地说。

谢思慧故作熟练地把大半根香烟往烟灰缸里一按,站起身来,朝舞池里走去,还顺手在杜庆发胸口摸了一下。杜庆发显然对她的这个动作很满意,马上跟着进了舞池,搂着谢思慧的腰,慢悠悠地转了起来。

对于跳舞,谢思慧并不陌生。刚上大一时,她就在学生会组织的"扫舞盲"活动中学会了基本的舞步。后来,她也时常去周末的学生舞会锻炼一下。她的舞技虽然比不上那些逢舞会必到的校花,但也足够应付各种需要跳几曲的场合了。

这会儿,自己被杜庆发搂着,脑子里不停地出现那个噩梦般的夜晚。幸好,跳舞时两人不是脸对脸,她不用担心自己神色异常而被杜庆发注意到。音乐缓缓播放着,谢思慧根据之前在舞厅看到的,知道自己必须做些什么。她一咬牙,挺起胸,往杜庆发胸口撞了两下。

杜庆发哈哈一笑,低头在她耳边吐着热气说:"妹子,跟哥出去开开心?"接下来的对话,几乎每说一个字,她都要强忍着不让自己的胃容物吐出来。幸好杜庆发对她颇为满意,她提出的价格,他只是说一句"你的价码还真不低",又在她的胸口捏了一把,就接受了。对于这种交易的价格,不久前,谢思慧已经用一支新口红,从一个操这个职业的女人处打听到,"快餐"是一百,"包夜"是两百。

谢思慧坐上杜庆发的摩托车,在深夜时分几乎空旷无人的道路上一阵疾驰,两人来到杜庆发的住处。隆冬时节的这个时间,气温只有零下十摄氏度,她却没有感到丝毫的寒冷,只觉得所有的步骤都在按部就班地进行,复仇的时刻即将到来。一想到这里,她就觉得自己浑身的血液如同沸腾起来一般滚烫。甚至,她无声地哭泣起来,热泪也在不知不觉间流了下来。她赶紧擦干泪水,把心思集中到下一步的行动上。

很快,他们来到杜庆发的住处,谢思慧按照早已制订好的计划,再一次交出了自己的身体。等到杜庆发精疲力竭地打着呼噜睡去,已经过了午夜12点。此时,四周一片沉寂,除了杜庆发偶尔翻身,和室外呼啸不停的北风,她听不到任何声响。

谢思慧平平地躺着,在脑海里把行动计划又重温了一遍,这才慢慢翻身下床。她从包里取出一根破旧不堪的电源线,然后关掉电热炉的电源,把自己拿来的电源线换了上去。她第一次来到这里的时候,就注意到杜庆发那台电热炉的品牌。随后,她又在附近的一家杂货铺买了一台一模一样的电热炉。电热炉已被她扔掉,只留下了电源线。她早就在电源线上磨出了几处破损,露出里面的铜丝。

然后,她又从自己的皮包里取出两瓶啤酒,打开瓶盖,放到床头杜庆发原本放皮鞋的地方。那根电源线就在离酒瓶不到十厘米的地方。而那双肮脏恶臭的旧皮鞋,早被她移到了床的另一侧。

在她的计划里,杜庆发起床后,一定会在迷迷糊糊的状态下踢翻啤酒瓶,然后赤脚踩在地上。这时,啤酒的酒液已经淌满这一片区域,从电源线里漏出的强电流就会在一瞬间穿过他的身体。而这个时候,她早就回到家里,躺在自己的床上了。

当然,这个计划并非完美无缺,一个最大的缺点就是她无法通过杜庆发,知道当年凌辱她的另外两个人的名字。她觉得,失去这么重要的一条线索固然可惜。但是,她始终没有找到能逼迫或者诱使杜庆发说出另外两个人名字的办法。在这种情况下,她只有先杀死杜庆发。否则,她非常清楚,随着时间的流逝,如果自己迟迟不能杀死一个凌辱自己的恶棍的话,自己一定会精神崩溃。

这天午夜,谢思慧在杜庆发的房间里布置完一切,就拎起自己的皮包,轻手轻脚地离开了这里。到了楼下,她从那一大堆破旧报废的自行车中,翻出一辆早就打足了气的自行车,翻身骑上,用力蹬着自行车离开了。

这辆自行车,是她前一天就已经准备好了的。她顶着刺骨的寒风骑车穿过半个城市,才到了家附近。她知道,凭这一身行头,父母如果看到,肯定会跟她问清楚。她先找了个公厕换好衣服,洗干净脸上的眼影、口红,这才进了家门。她早就想到,那一身酒红色紧身毛衣和黑色短裙,绝不能随意丢弃,否则就是给警方提供破案线索。所以她仍然把这些东西带了回来扔到床下,这才钻进了被窝。

她平平地躺着,瞪大眼睛望着天花板,心想,杜庆发的生命,已经进入了倒计时,没有任何人能救他了。一丝复仇的快感在她的心里出现了,并且越聚越多。她的脸上浮现出一阵残忍的笑意后,她就不知不觉睡着了。

第二天银行的工作很多,她一直到下午6点才完成工作,迫不及待地骑着自行车朝着杜庆发家的方向去了。她知道,当命案发生后,警方总会对案发现场周围严密监视,发现有可疑的人出现,就会详细盘查。她早就给自己想好了理由,就说自己本来要骑车回家,后来因为天气好,就随意骑车转转,漫无目的地就来到这里。

她保持一个比较平稳的车速,也把表情调整得很平静。总之,她让自己的一切都看起来没有丝毫异样。终于,她的自行车到了杜庆发楼下不远处。她轻轻跳下车,按捺着心跳,朝那边用力瞭过去。但是,她看到的情景令她绝望至极,险些松开车把,整个人瘫倒在地。

整个楼下,完全是一副风平浪静的样子,一切都和平时没有任何区别。人们安安静静地在路边行走,杂货铺、洗衣房也都有人在穿梭进出,干果铺、熟食铺的门口则是有人在边聊天边排队,还有几个小孩儿趴在楼门口地上,玩着她不知道名字的游戏。

她的脸上马上出现了两行泪水,她知道,面前的场景,意味着自己苦心策划、付出极大代价的计划失败了,杜庆发安然无恙。她觉得,如果杜庆发真的在自己的杀人设计中送命,那么,这里绝不会这么平静,一定会有警车停在楼下,一定会有警察在楼里进进出出,寻找各种线索。

她的双腿有些发软,几乎站立不住了。她努力扶着自行车车把,以此保持身体平衡。她推着自行车慢慢朝前走着,到了杜庆发楼下的熟食铺外。看来这家铺子的各种肉食在这一带颇受欢迎,正在排队的顾客有十多个。这时,谢思慧听到有两个顾客正在聊着天,其中一个顾客说:"那个姓杜的臭流氓,这会儿变成了植物人,也算老天长眼。"

另一个说:"咱们别说别人,也得检查一下自己家的那些电器,要是有漏电的,可得赶快修好,可别像他一样,给电得半死不活的。"

第一个顾客远远地朝正在熟肉摊后面切肉的男人说:"老板,你这店开了少说也有十多年了吧?这回可是第一次降价大酬宾。"队伍中有顾客回过头,说:"这附近的店面,不光这儿,饭店、烟酒店,今天全部打折呢,都是因为那个臭流氓恶有恶报,再也干不了坏事儿了!他以前白吃白拿,谁也不敢拿他怎么样,这回可算老天替大伙儿出气了。"

谢思慧听到这里,心里一震,马上停好车,排在队伍后面,仔细听着人们说些什么。很快,她听明白了,自己的布置还是起到作用了,只不过并没有把杜庆发直接电死,而是破坏了他的大脑,把他电成了植物人。如果不是有下夜班的邻居早上在他家门外路过,透过窗户看到有人躺在地上抽搐,他的命肯定保不住了。而且,根据她听到的内容,杜庆发触电这件事没有引起任何人一丝一毫的怀疑。

在排队时,谢思慧还听到,杜庆发之前是这一带有名的恶棍,不但在周围的店铺里白吃白拿,更可恨的是,他还经常勒索他们。

而且,他还非常狡猾,每当有店铺报警,有警察来了解情况时,他总是逃得远远的,等警察离开后,再趁天黑去砸那些得罪他的店铺的门窗。这些业主已经交过整年的租金,总不至于因为这个小混混就搬走,所以只好忍气吞声,被他长年这么欺凌。

现在,杜庆发成了植物人,他早就没什么亲人了,也没有任何存款,过一段时间,他肯定会被送进福利机构,他的生命,距离最后的终结,大概也为时不远了。这样的结果,其实比谢思慧的期待还要好很多。毕竟,这不是一起命案,她不用担心会被警方找到头上,而杜庆发所受到的惩罚,简直比直接触电而死更重。

谢思慧越听越兴奋,如果不是担心给自己带来危险,她真想跑到医院看看杜庆发只剩下半条命的样子。她在队伍里一直排着,终于排到了熟肉摊前。她想起父亲喜欢用猪耳朵和猪蹄下酒,兴冲冲地买了一大包猪耳朵和猪蹄,这才骑车回家。

毕竟已经到了年底,回家之前,在路过烟酒回收店时,天色已经黑透了。店铺没有一丝灯光漏出来,看来,妈妈已经回家了。谢思慧望着店铺在夜色中黑黢黢的轮廓,脑海里浮现出四年前的那个夜晚。如今,那个带头侵犯自己的人,已经丢了大半条命,剩下的那两个恶棍,也一定逃脱不了。想到这里,她本来泛着泪水的眼睛里飘出了一丝骄傲。

回到家,她还没等曹春枝问,就说自己在银行的表现非常好,到了年底肯定能拿不少奖金,所以提前庆祝一下。曹春枝和谢俊国没有对她的话有丝毫的怀疑,只是劝她,同时买猪耳朵和猪蹄,对于他们家来说,还是有些过于奢侈了,以后她只管好好工作就可以,家里的东西不用她来买。

谢思慧一边大口地吃着菜,一边连连点头答应了。

后来,谢思慧又回到杜庆发住过的那栋楼,还从他那间房子外走过。那里已经换了主人,由一对小夫妻居住。她通过窗帘缝隙看到,在这个房间里,各种家具器物都摆放得整整齐齐,那台破旧的电热炉也换成了一台崭新锃亮的电暖气。总之,这里已经没有丝毫杜庆发生活过的痕迹了。谢思慧这才相信,自己已经在毫发无损的情况下,报仇成功了。接下来的事情,就是找到那天晚上另外两个侵犯自己的人,再像对付杜庆发一样,一个又一个地杀掉他们。

但是,如何找到他们呢?那天晚上,她听到的唯一一句话就是"杜哥,你先来"。这个声音听起来毫无特点,但又如何找到声音的主人,以及他的同伙呢?她已经把那天晚上所有的细节都一一回忆过,始终找不到任何关于另外两个人身份的线索。

又一个周六的晚上,谢思慧在家里和父母一起看电视。一个新闻节目里说,本市一家洋酒进口商设在郊外的仓库发生火灾,价值上千万的名酒付之一炬。曹春枝瞟了一眼电视屏幕,说:"如果我碰见这种事,根本不用担心。"

谢思慧说:"是因为咱家的货物都上保险了吗?如果失火了,由保险公司负责赔偿?"

第二章 电流 043

曹春枝摇摇头,说:"货物值多少钱,其实不太重要。干烟酒回收这种买卖,最关键的是有稳定的货源,还要有卖货的渠道。"她从怀里抽出一个半个巴掌大的红色塑料皮小本子,说,"不管是卖货给咱们的,还是买咱们货的,只要我还有这本老主顾的通讯录,咱家的生意就黄不了。"

谢思慧直直盯着这个小本子,有了找到另外两个人的办法。

第二天,一个天色阴沉的傍晚,谢思慧再次来到杜庆发从前住过的那处公寓。来到这里的前一天,她还去了市康养医院。这所医院其实类似于公立的养老院,但和养老院不一样的是,住在这里的人,都是生活不能自理,同时又无儿无女,没有亲属照料的病人。每天下午3点,是这里的探视时间。其实,这个规定也是徒有其名,这里的病人基本上都是孤家寡人,基本上没有任何亲友。

本来,谢思慧早已盘算好,如果需要查验身份证,她就不进去了。想不到这里的管理非常松散,门卫形同虚设,她没有遇到任何阻拦就进了杜庆发所在的病房。

这间病房里,靠墙摆放着十多张床,每张床上都有一个病人,有的病人已经非常衰老,眼神浑浊,面部布满老年斑。他们靠在床头,眼神阴郁地看着在病房中间穿过的谢思慧。

如果不是床头的卡片上写有"杜庆发"三个字,尽管谢思慧早就做好了思想准备,她也完全认不出那个满头乱蓬蓬的灰白头发,口水不停地流出来淌在床单上的人就是杜庆发。他双眼都被眼屎糊住了,呆呆地望着满是水渍的天花板,时不时地浑身抽搐一下。

大概是病房里的气味太难闻,几个护士都在病房外嗑瓜子、闲聊。谢思慧怯生生地走过去,告诉她们,自己母亲是杜庆发的远房表姑,听说他出事儿了,特意让自己过来看看。如果这里有杜庆发的个人物品,自己希望能带走一两件,给母亲留作纪念。

那几个护士正兴致勃勃地聊着,其中一人白了她一眼,仍然自顾自地眉飞色舞地聊着昨晚刚看的电视剧。一个年纪大一些的护士告诉她,杜庆发被送来的时候,整个人一丝不挂,什么随身东西都没有,至今也没人来看过他。

谢思慧明白了,要找到杜庆发从前使用的通讯录,必须去他家。

这天,谢思慧站在杜庆发从前住处的窗外,看到里面一对年轻夫妻正在边看电视边吃晚饭。房间里没有什么贵重物品,但收拾得很清爽,鞋架上的鞋也摆放得整整齐齐。这对夫妻眉眼都很朴实,衣着也简朴,墙角放着一套修鞋配锁的工具,看得出,他们都是凭本事吃饭的手艺人。

谢思慧敲响了房门。那个年轻的男人出来开门,她告诉他,自己是从前住在这里的那个男人的远房表妹,听说他出事儿了,特意来看看。自己已经去康养医院看过他了,但父母想拿点儿他的东西留作纪念。

那男人和善地笑笑,说自己是从房屋中介那里租的这套房,自己搬到这里的时候,里面早就收拾得干干净净,上一任租户的没有任何东西留下。如果想找上一个租户的东西,需要去问中介。

这时,里面的女人听到动静,也走出房门,对自家男人说:"你忘了,咱们刚搬进来的时候,地上还扔着搬家公司的名片,要找上一个租户的东西,那个搬家公司肯定知道。"那男人一拍脑门,转身回屋,从抽屉里取出一张名片,说:"就是这个搬家公司。"谢思慧看到,上面印着金旺搬家公司的地址、电话。

"谢谢。"她拿着名片,朝他们点点头。

无论哪个城市,火车站附近都是最热闹杂乱的地方。火车站附近的街巷里,隐藏着无数饭馆、旅馆、杂货铺、库房之类的地方。这样的街巷中,七弯八拐的窄巷、四处横流的污水、涂满各种怪异图案的墙面,构成了一个特殊的世界,仿佛和这座城市没有任何关联。在这些地方来来往往、进进出出的,基本上是两类人:一类是远来歇脚的旅客,另一类就是这座城市里最边缘的人。

当谢思慧下了公共汽车,紧紧攥着那张"金旺搬家公司"的卡片,站在一道这样的街巷外,朝街巷里面打量,才发现自己在这个城市里生活了二十四年,还不知道在火车站旁边有一处这样陌生的世界。

巷子口是一个杂货铺,门脸只有一人多宽,里面的货架上堆满了各种品牌的桶装方便面,门口一侧摆着一个铁灰色的音箱,正以巨大的音量,播放着邰正宵的《九百九十九朵玫瑰》,另一侧则是一个铁皮蜂窝煤炉子,上面煮着一锅茶叶蛋,正在噗噗地翻腾着,向外冒着热气。

巷子口内侧,几个年纪不一的男人在玩扑克牌。他们有的站着,有的坐在旧纸箱子或者塑料板凳上,有人时不时抬起头朝她瞟上一眼。谢思慧知道,自己根本不属于这里。

她小心翼翼地走了进去,抬头不停地朝四周那些五花八门的广告牌打量着。这些广告牌,基本上都是旅馆、饭铺。她在这条巷子中越走越深,她发现,马路上各种喧闹的声音变得遥远了。头顶上的天空,也被巷子两侧小旅馆私搭乱建的房顶挡住了。她心里有些害怕,想转身从这里跑出去。

终于,谢思慧在一张墙上贴的"严禁私搭乱建,注意防火防盗"标语下方,看到用黑色记号笔写下的字样——金旺搬家公司,前方三十米楼上。

标语早就模糊不清,这行字也已经褪色。她朝前面望去,只见一道布满铁锈的楼梯,正从前方的墙面上蜿蜒而上,楼梯的尽头,是一间显然是私自添盖上去的屋子。

谢思慧走过去,沿着那道吱吱呀呀响个不停的楼梯上了二楼。推开一道虚掩着的木门,房间里空无一人,只有几张旧得快要垮掉的桌椅,一部老式电话机斜搁在窗台上。她正在犹豫是离开还是再等等,背后突然响起一阵上楼的脚步声。她扭头一看,只见一个三十出头的男人出现在她身后,他是刚才在巷子口打牌的几个人之一。

"我看见你上来了。"

这个男人吐着烟圈,警惕地看着她。她说轴承厂职工宿舍里那个触电者是自己表哥,前段时间是他们公司从他家搬走了各种杂物,最后她说:"我能从我表哥的东西里找点纪念品吗?"这个男人告诉她,这个金旺搬家公司,其实只有他一个人,经理是他,司机是他,搬运工也是他,而且,这家公司已经很久没生意了,上次去谢思慧所说的地方搬东西,也是他的最后一单生意。

"那天搬回来的东西都扔进了公司的库房,你要找点东西留作纪念的话,跟我来吧。"那男人说着,从那张旧桌子的抽屉里摸出一串钥匙。

两人沿着那个摇摇晃晃的楼梯下了楼,那男人打开楼梯下方的一扇房门,朝里面指了指,说:"都在里面,你随便找。"谢思慧站在门口朝里面望了望,只见里面一团昏暗,只能隐约看到四处堆满了各种杂物。那个男人随手在墙上不知哪里按了一下,挂在房顶的一个老式灯泡亮了。

这时,谢思慧才看到,杜庆发家的那些破旧家具:床、沙发、五斗橱,还有那台电热炉,连同自己精心处理过的那根电源线,都在墙角堆放着。只不过床和沙发都被拆开了,只能隐约看出原来的样子。谢思慧走过去,小心翼翼地翻找起来。足足找了十多分钟,她也没能找到通讯录之类的东西,甚至连一张写着字迹的纸片都没找到。她心里一阵自责,恨自己当初为什么不趁着在杜庆发住处的时候,找到他的通讯录。

无论如何,杜庆发的这一堆旧家具里,是没有任何有价值的东西了。她慢慢站起来,流下泪来。

"你是找这个东西吧?"说着,男人打量着她,在裤兜里找出了一本写着电话号码的通讯录,"你表哥把这个压在褥子下面,看来他对这个很看重。"谢思慧接过通讯录一看,只见里面只写着两个电话号码。她刚要把通讯录收起来,那男人拽住她的胳膊,眼睛里生出一股邪恶的东西。"能把这个给我吗?"谢思慧颤抖着说。

"可以,只要你——"说着,这男人用下巴朝墙角指了指。谢思慧扭头看去,只见那里摆着几个压扁了的纸箱子。

谢思慧走出那个库房时,天全黑了,还落下了雨点。她浑浑噩噩地攥着通讯录,走出了胡同。她上了公共汽车,头依靠在车窗上,大脑中虽然一片空白,但仍然下意识地紧攥着那本通讯录。等她下车时,雨已经越下越大,她虽然已经将电话号码记住了,但仍然不敢把通讯录塞进裤袋里,而是紧紧攥着,冒着雨朝家里跑去。毕竟,这是她用自己的身体换来的。

这时候,已经是瓢泼大雨了,她只跑出一百多米,全身上下就湿透了。可是,就在即将看到那个铁皮亭子的时候,她脚下一滑摔倒了,整个人重重摔在马路上。

就在身体向后倾倒时,她只觉得黑压压的布满积雨云的天空,就像是一块漫无边际、巨大而沉重的铁板一样,朝自己狠狠砸来。她索性躺在路面上,躺在雨水里,号啕大哭着——

第三章　寻踪

八年后。

这天早上,谢思慧按照老习惯,6点钟就起床了。保姆已经给她准备好了早餐,一只牛角面包、一勺果酱、加了两勺麦片的脱脂牛奶,还有一枚已经去掉蛋黄的白煮鸡蛋。吃完早餐,保姆已经在阳光房的地面上铺好了瑜伽垫,一番挥汗如雨的运动后,谢思慧去了浴室。等她精神抖擞地出来,擦干头发时,已经是7点15分,这也是她平时的上班时间。很快,她的父母也会从卧室出来,享受保姆准备好的早餐。

在别人眼里,谢思慧过的是标准的白领丽人生活,等她的公司一上市,她更是可以瞬间实现财务自由,可以辞去工作,带着父母到处旅游。看上去,这是何其快意的人生!

但是,只有谢思慧自己知道,十二年前的那个雨夜,仍然在反复折磨着她。她曾经用身体换来了两个电话号码,但是,她在拨打了其中一个号码后,得到的提示是这个号码已经停机。

而另一个号码,竟然是一部公用电话。她查到了这部电话的位置,位于本市一个有三四百人居住的大杂院里。这部电话当年属于院子里的一家副食品商店,有可能使用过的人成千上万。如今,这个商店已经多次易手,大杂院里更是不断有住户搬来搬去,再也查不出当初曾经是什么人用过这部电话了。

就这样,她失去了另外两个蹂躏过她的人的线索。她一直把那个雨夜里发生的一切作为秘密死死地埋在心底,她在那家大型国有银行工作了两三年,在金融界积累了足够的人脉后,就从银行辞职,成立了自己的证券公司。

这些年来,她生活里的一切,在别人看来似乎是一帆风顺,除了还没有建立自己的家庭,人生简直完美无缺。但是,她知道,自己三十二岁的生命里,自那个雨夜之后,没有一秒钟是为了自己而活,没有一秒钟真正快乐过。那三个男人像饿狼一般在自己身上的覆压,那种从身体深处迸发出的刺痛,那地狱中魔鬼一般的狂笑,那无情地砸落在铁皮屋顶上的滂沱雨声,都让自己无数次地从噩梦中醒来。

她知道,除非把剩下的两个恶棍一一找到,再逐个杀死,否则,自己一生都无法走出那个雨夜。

八年前,她用一根破损漏电的电源线,把第一个侵犯自己的恶棍杜庆发变成了植物人。后来不到一年,杜庆发就在浑身恶臭中死去。他死的时候,没有任何人为他流下一滴眼泪。这次复仇让她付出了巨大的代价,那就是把自己的身体作为诱饵,亲自送到那个恶棍的床上。

这些年来，她不对任何男人感兴趣。其实，刚刚走进大学校园，就陆续有不少男生对她表示好感，都被她毫不留情地拒绝了。她不知道，如果有一天，自己真的找到了另外那两个蹂躏过自己的男人，又杀死了他们，自己会不会彻底解脱，然后像普通女孩子一样谈恋爱，结婚，生儿育女。她只知道，不杀掉他们，自己会痛苦一辈子。

这天早上，一切准备停当后，她来到地下车库，准备像往常一样开车上班。在别人看来，她即将开始一个白领丽人普通的一天，但事实并非如此。八年来，她每天第一件事就是拨打一个电话号码，她每天都会拨打这个号。但是，她每一次听到的，都是同样的自动语音回答——您拨打的电话已停机。

那时，谢思慧不知道，自己要找的这个男人，因为抢劫罪正在监狱中服刑。他的刑期是八年。

这天早上，出乎意料的是，她拨出了那个电话号码后，通过话筒传入她耳朵的，竟然是正常的待机声。她的心脏马上狂跳起来，紧接着，电话接通了，一个实实在在的男人的声音传了出来——"你好，这里是迪蒙文化传播公司。"

谢思慧条件反射般放下电话，坐在座位上急促地呼吸着。过了几分钟，稍微有些平静了，她打开电脑，搜索起这个迪蒙文化传播公司的情况。这个公司的主营业务是中国传统养生文化推广，总部位于本市另一个区的一栋写字楼上。目前公司总经理是古

第三章　寻踪　053

茂林,副总经理名叫陶玉杏,总经理办公室主任名叫张义强。

根据这几年陪着父母看养生节目的经验,她知道,这种以养生名义而成立的公司多如牛毛,主要业务是卖药,能不能赚到钱,全看老板有没有煽动老年人买药的本事。她登录到这家公司的官网,发现这个公司最近的一笔业务,是在本周五的晚上,在本市的华堂商场里举办一场老年健康知识讲座。她决定利用这个机会,近距离观察一下这个公司的职员里究竟谁是自己要找的人。

周五很快到了,这天一下班,谢思慧就驾车回到家,带上谢俊国和曹春枝,向华堂商场驶去。如今,谢俊国和曹春枝已经步入老年,虽然谢思慧按月给他们足够的生活费,但他们并不习惯整天无所事事,他们继续经营着那个小小的烟酒回收店。

谢思慧给他们买了手机,曹春枝就把手机号码贴在店门上,有顾客来卖烟酒,自然会给她打电话。谢俊国的半身瘫痪,谢思慧也带着他去美国、日本的大医院看过,无论哪里的医生,看了他的CT图像,都表示对他的病情无能为力。

如今,他们像很多老年人一样,对各种医疗保健类电视节目有着浓厚的兴趣,不知道往家里买过多少保健用品。对此,谢思慧倒是很开通,她不像别的儿女,整天担心父母被人骗光家产。她觉得,父母看这种节目,虽然会花掉一些钱,但获得了心理安慰,这一点才最重要。

谢思慧开的是一辆SUV,当初买这种车,就是图它的后备厢格外大,足以把谢俊国折叠后的轮椅装进去。三人进了华堂商场,就看到一楼的正中位置被围了起来,四周乌压压地坐满了老年人。

场地中间,是一名穿着唐装的中年男人和一名穿着旗袍的中年女人,正在一块黑板前像说相声一样,连说带比画,滔滔不绝地介绍着一种滋补品。黑板上贴着几张铜版纸广告,上面都是蜂巢和蜜蜂的照片,看来,他们正介绍的是一款蜂产品。

谢思慧一眼就看出来了,这个中年男人,无论年纪还是相貌,都不是自己要找的人。但她并不气馁,推着谢俊国的轮椅,找了一个不起眼的角落停住,在场地内仔仔细细地打量起来。很快,她在场地第一排看到了那个名叫张义强的办公室主任。

只见他双腿并拢,端端正正地坐着,身旁还放着一个暖水瓶。他一看到场地中间那个男人手边的水杯有些空了,马上矮着身子一溜小跑过去,给水杯里添满水,然后,再以同样的姿势坐在自己的位置上。

在那个雨夜,谢思慧尽管只看到过那三个男人一眼,但她仍很快断定,眼前这个名叫张义强的男人就是自己要找的人之一,他是三个人里面个子最瘦小的。她一阵冷笑,她也没想到,当初的街头小混混,如今为了生计,心甘情愿来当一个司机、男仆二合一的角色。

"不管你变成什么可怜样,我都要杀了你!"她冷冷地盯着张义强,怒火在心里燃烧着。

第三章 寻踪 055

就在她琢磨如何了解清楚张义强的活动规律,再用什么办法杀了他而不会给自己惹来嫌疑时,场地里响起一阵稀稀拉拉的掌声。她抬头一看,那对中年男女一唱一和的推销已经结束了,张义强又是一阵小跑,抱着一大堆包装精美的纸盒放到两人中间的茶几上。那对中年男女马上说,今天到场的老年朋友运气太好了,今天带到节目现场的产品,就不带回仓库了,要在这里现场销售。本来市场价是1580元一瓶,今天降价大处理,只卖980元,而且是买一赠一。

此言一出,观众席上的老年人立刻沸腾了,纷纷从衣兜深处拿出叠好的钞票,冲到那对男女面前,纷纷嚷着要买"蜂精益髓丸"。就连谢思慧的父母都有些按捺不住了,他们早就被那对中年男女的一通吹嘘给蒙住了,曹春枝想过去买几瓶,可她一看谢思慧冷冰冰的神色,就有些胆怯,迟迟不敢迈步上前。

谢俊国拍着轮椅,急得满脸通红,扯起嗓子对曹春枝说:"刚才大夫说的,你没听见吗?天底下凡是养蜂的,一个得关节炎、风湿病的都没有,就是因为整天和蜜蜂接触。这种药是从蜜蜂身上提取来的,肯定对我的病有好处。对了,你的膝盖这两年不是也经常疼吗?那就多买几瓶,咱们一起吃!"

谢思慧脑子一转,赶紧说:"爸,妈,你看他们这次带来的药,马上就要被抢光了,要不待会儿咱们跟着他们,看看他们去哪里,以后我给你们每人买上二十瓶!"谢俊国和曹春枝对视了一眼,一起点点头。两人的眼神似乎在说:"女儿从前对咱们买这些保健品一点儿都不热心,这次怎么转性了?"

接着,谢思慧就把谢俊国的轮椅远远推开,从远处紧紧盯着这三个人。他们三人卖光了带到现场的"蜂精益髓丸"后,四周的老人们渐渐散去,没买到的老人还唉声叹气,遗憾异常。

他们三人等老人们走光了,这才收拾好东西,坐电梯去了地下车库,又由张义强驾车离开。谢思慧则一直跟着他们,他们先是在本市一处名为丽江花园的高档小区门口停下,那对中年男女下了车。看着他们亲亲热热、勾肩搭背地离开,曹春枝这才恍然大悟:"刚才在商场里,他们一个装主持人,一个装专家,想不到是两口子!"

这时,车里只有张义强一个人了,谢思慧跟得更紧了,生怕他从自己眼前消失。好在这回汽车没开出多远,就钻进了一个老式住宅小区。这个小区至少建成二十年了,里面没有停车场,所以业主的车辆都是横七竖八地乱停乱放。

张义强把车开到一栋楼前,就下车了。等他从楼道中消失,谢思慧也下了车,朝四周仔细打量着,牢牢记住了四周的地形。

"小慧,咱们还买不买药?"曹春枝坐在车里摇下车窗玻璃,怯生生地说。谢思慧低下头,说:"妈,你放心,过几天我会给你和爸每人买上一大堆的!"

这天晚上,谢思慧和平时一样吃过晚饭,又上网浏览了一番自己行业的各种新闻,在跑步机上跑了两公里,冲完澡就准备睡了。

她躺在床上,望着黑漆漆的天花板,却没有丝毫的睡意。毕竟,复仇的欲望在她心里一直潜伏着。她本来以为再也找不到另外两个人的踪迹,可今天再一次亲眼看到当初侵犯自己的人,仇恨又像烈火一样,在她心里熊熊燃烧起来。

报仇,一定要报仇!

正在这时,忽然传来几下轻轻的敲门声——

"小慧,你睡着了吗?"

是母亲曹春枝的声音。谢思慧按了一下吊灯遥控器,灯亮了,曹春枝进了屋,坐在她床边。曹春枝伸手撩了一下谢思慧额头的头发,犹豫了一下,这才说:"小慧,你今年都三十二了——"

谢思慧猜出她要说什么,马上说:"妈,大晚上的,你说这个干吗呀?"曹春枝叹口气,说:"小慧,这些年那么多人给你介绍对象,你从来不见,这个呢,我和你爸也都理解,你觉得这样的相亲太过时了,你们这一代人,都想自己找。可是,我们也知道,你根本没自己找过。这几天我推着你爸在外面散步时,遇到之前你们班同学,人家孩子都那么大了——"

谢思慧不满地一蹬被子,说:"妈,你说什么呀?我倒是想结婚,可总遇不到合适的,我有什么办法?"

"这孩子——"曹春枝拽过被子给她重新盖好,又说,"你妈是老花眼了,可我又没瞎。今天在商场,我听课的时候出来上厕所,看见你一个劲儿盯着那个什么公司的办公室主任看,你们是不是认识？我看这小伙子，虽然不像个有文化的，但手脚倒是挺勤的。"

谢思慧呼的一声坐了起来："你是不是想让我随便拉一个男人结婚?!"曹春枝轻轻在她手背上拍了一下，说："我看见你老盯着人家看！我不瞎不聋的，还能看错了？要不，让他明天来家里吃顿饭？"

谢思慧气得无话可说，跳下床推着曹春枝离开，又锁上了房门。她躺回到被窝时想，必须尽快动手了。

接下来的几天，她像当初查杜庆发的行踪一样，昼夜跟踪张义强。不同的是，这次她有了私家车，跟踪的事做起来轻松多了。但是，令她头疼的是，张义强的行踪完全没有规律可言。

有时他待在自己家里，整整两三天不出门；有时又开车，在整个城市的各个角落来回穿梭，主要是给订了货的人送去那对中年男女推销的保健品"蜂精益髓丸"；还会频繁地拉着那对男女，在城里的商场、社区之类人群密集的地方，做类似上次那样的讲座。不过，她已经在张义强居住的社区，向那些在墙根下象棋的老头、跳广场舞的老太太，把他的个人情况打听清楚了。

这个张义强，前不久刑满释放，罪名是抢劫，在监狱里足足待了八年。其实，他抢劫的数额并不太大，只是在本市城乡接合部一处杂货铺里抢了一天的营业收入，只有一千多块。

谢思慧想来想去，觉得还是要进入他的家里，才能找到杀死

第三章 寻踪 059

他的办法。但是,这种还算正规的公寓,一定用的是正儿八经的暗锁,绝不像当初杜庆发的房子那样,靠一把挂锁锁住房门。

怎么才能进入他的公寓呢?谢思慧苦苦思索着。

这天是星期天,张义强按照计划,还是开着那辆老款的桑塔纳,带着两个老板来到一处老旧小区。当然,还和从前一样,车子的后备厢里和后排座上都堆满了"蜂精益髓丸"的包装盒。车里,他的男老板,那个名叫古茂林的四十三岁男人,坐在副驾驶位置上。而他的女老板,那个名叫陶玉杏的四十岁女人,则坐在后排座上,身边和脚下都是"蜂精益髓丸"包装盒。

张义强的车开得很稳,但终究会有拐弯的时候。每次一拐弯,陶玉杏身旁那一大摞一直堆到车顶的包装盒,就会泰山压顶一般向她压去。陶玉杏只得用两只胳膊顶住这些包装盒,防止它们落下来。张义强赶紧说:"不好意思,下次拐弯我再慢一些。"

陶玉杏飞快地摇摇头,说:"不用,开得再快点儿都行,那帮老头老太太大概都等不及了。"说着,脸上荡漾起得意的笑容。古茂林更是眉飞色舞,说:"就是,早点把这些东西卖完,咱们就能早点收工了。"

三人到了目的地,来来回回好几次,才把这些"蜂精益髓丸"搬到卖药现场。接下来,就是他们夫妇像从前那样,开始口若悬河地吹嘘。张义强则在观众席里找了一个不起眼的位置坐下来,那个装满滋补品的大号保温杯,则安安稳稳地放在他的脚边。

古茂林夫妇的演说越来越激昂,现场的气氛也越来越热烈,原本坐在后排的大爷大妈被他们鼓动得情绪激昂,开始向前面挤过来。张义强并没有注意到身后的情形,他端起保温杯刚要喝水,一个急于挤到前面的大妈脚下不稳,猛地撞到他身上。他身子一晃,保温杯里的水和滋补品哗的一声,洒到他的双腿上。幸好,这时水温已经没那么高了,他没有被烫伤,但整条裤子湿了一大半,彻底不能穿了。

那位大妈见此情形,赶紧说:"哎呀,大兄弟,实在不好意思,我没留神!"她接着说,自己家就在旁边的楼里,"大兄弟,你这裤子不能穿了,要不你到我家去,我家小子的高矮胖瘦,倒是和你差不多。我刚给他买了条裤子,他还没穿过。要不你到我家去,我给你换上,你先穿着,我赶紧把你这条裤子熨好,你再换回来。"

张义强看了看台上的情形,心里有些犹豫。那位大妈明白他的心思,说:"你放心,看样子他们还要过一阵子才能上完课,再说了,等上完课,他们不是还得卖药吗?"张义强点点头,跟着她进了旁边的一栋居民楼。进了这位大妈的家门,她从衣柜里拿出一条裤子让他换上。张义强一看,这裤子的尺码倒是和自己的一样,他也就没多想,到了大妈儿子的卧室里,关上房门,换上这条裤子。

他正要把自己裤子里的东西——自家房门钥匙、车钥匙和几张钞票换到新裤子里的时候,却发现这条裤子有个小小的缺点,就是两侧的裤兜都是缝死的。这种情况,对于新买的裤子来说也比较常见。

他正在犹豫,忽然,这户人家的房门被砰砰砸响了,还有人在外面大声喊着:"王大妈,王大爷在小区门口下象棋,和人打起来了!"王大妈气得一跺脚,说:"这个老家伙,不让他去下棋,每回都要跟人争!我不去了,让别人打死他,我也就省心了!"

说着,她拉开房门,挤进来一个二十出头的年轻人。这个年轻人笑了笑,说:"王大妈,你就和我去看看吧,王大爷也七十多了,可别真的弄出事了。"王大妈重重叹口气,说:"这个老家伙,非要气死我不可!"她朝卧室方向指了指,"家里有人,走不开。"

这时,张义强听清楚了情况,走出卧室说,说:"大妈,我和你一起出门吧,我正要看看他们的健康培训课上得怎么样了。"说着,他一只手攥着钥匙,就要和王大妈一起离开。王大妈指了指钥匙说:"大兄弟,把钥匙攥着多容易丢,你还不如放家里。反正,咱们这一走,这里也没别人了。"

张义强犹豫了一下,把手里的钥匙放进自己弄湿了的裤子里,穿着王大妈儿子的裤子,和王大妈一起走出了家门。他不知道,自己正在一步步走下楼梯的时候,已经有人从大衣柜里出来,从湿裤子的裤兜里拿出钥匙,放在一只平铺着一层橡皮泥的盒子里,把钥匙正反两面都印出了模子。

第四章　剧毒

这天深夜时分,距离这个小区不远的一处狭窄巷子已经空无一人。这个巷子,和很多老城区的破旧巷子一样,零零散散地挂着几个小餐馆、小裁缝店、小理发店之类的招牌。这样破败的地方,白天偶然有人走过,到了晚上就不见人影了。

这时,一个戴着口罩、裹着围巾的女人在巷口下了出租车,走进了巷子。出租车没有熄火,一直在原地等待。女人急匆匆地走到一个小店门口,左右张望了一下,轻轻敲了两下门。

这个小店,只有一扇摇摇欲坠的木门,门上还有几个红漆大字——配钥匙开锁。

因为时间久远,红色的油漆早已斑驳不堪。女人敲了几下,门开了,一个面孔干瘦的年轻男人开了门,只露出半个身子。女人压低声音说:"给我。"男人从怀里掏出一枚细小的闪亮的东西,说:"剩下的五千块钱呢?"女人打开拎包,拿出一沓钞票,塞到他手里。男人简单数了数,把手里的东西按在女人的手心里。

女人转身快步回到了车上,出租车吼叫一声,起步离开。趁着外面路灯微弱的光线,女人看着手里那枚刚配好的钥匙,长长地出了一口气。而在那个小巷深处的旧民房里,一位老妇人正和刚才那个年轻人点完了那沓钞票。

"嗯,数目没错。"老妇人满意地说。年轻人说:"这笔生意可真值,咱们借用人家的房子,给了人家三百,咱们自己赚了五千。"老妇人说:"你妈的广场舞没有白跳吧?那户人家的老太太,还不是妈跳舞时认识的?"

第二天,张义强又是早早地开车带着古茂林和陶玉杏去了郊外的一个小区。看着他们的车进了小区的停车场,三人又一摞接一摞地从车上搬下"蜂精益髓丸",谢思慧这才驾车返回市区,到了张义强家所在的那栋楼下。她仍旧用围巾紧紧遮住面部,只露着两只眼睛,快步走到张义强家门前,掏出那枚崭新的钥匙,打开了房门。

一路上,她的心脏跳得飞快,幸好没有任何人注意到她。进了屋子,她这才靠在房门,慢慢调整呼吸,同时打量着屋里的情形。这是一个两居室的房子,客厅里是一张圆饭桌和一张旧沙发,沙发对面是电视柜,里面是一台二十一寸彩电。另一个房间看来是张义强的卧室,里面的一张钢丝床上,有简单叠起来的被子。

谢思慧在房间里细细看了一圈,发现在电视柜的深处有一只瓷质酒瓶。张义强为什么把酒瓶放在这里?她有些纳闷,轻轻试着把酒瓶往外拖了一下,感觉这只瓶子并不沉,里面似乎大半是空的。她拖出瓶子,发现瓶口的塞子、瓶身都很干净,应该经常被打开。她屏住呼吸,慢慢打开塞子,顿时一股又苦又腥的中药味道和酒精味道窜了出来。她再朝里一看,酒瓶里泡着一些弯弯曲曲的、黑褐色的东西。

她知道了,这一定是一瓶泡着中药的酒。但是,里面泡的是什么中药呢?谢思慧慢慢把瓶子放回原处,脑子里则在琢磨,这个张义强到底为什么要喝这种药酒呢?

忽然,她想了起来,自己在跟踪张义强时,曾经看到他从车里往下搬那一摞又一摞的"蜂津益髓丸"时,搬不了几步,就赶紧趁着老板和老板娘不注意,放下药盒,很痛苦地揉着四肢的关节。

他一定患有风湿性关节炎之类的病,谢思慧想到。

接下来的几个周末,谢思慧跑遍了本城的三十多个中药铺。在每个铺子里,她都说自己在找一种药物,是用来治疗关节方面的疾病的,这种药泡在酒里还会有淡淡的苦腥味儿。药铺的伙计告诉她,这种药肯定是川乌。川乌药酒历来被中医用来治疗关节炎、骨痛病。但是,川乌因为含有致命毒素乌头碱,有剧毒。药酒也不能多喝,喝多了会死人的。

听到这里,谢思慧心里一阵兴奋,知道自己方向正确。但她控制住脸上的神情,淡淡地说自己想买一些川乌,回去泡酒。药铺伙计摇摇头,说,没有医生的处方,川乌肯定不能卖。而且,即

第四章 剧毒

使卖的话,也要留下买家的身份证复印件。

她当然不能答应这样的条件,只好离开这里,继续寻找。最后,在本市最老旧的一处街区里,她找到了一家名叫葆华堂的中药铺。这家铺子看来生意很差,不但门脸和地面都脏兮兮的,里面连个伙计都没有,只有一个五十多岁的干瘦男人,带着一脸皱纹,斜靠在一张旧木椅子上抽烟。每抽上几口,他就要重重咳嗽一阵。从外表来看,他似乎比任何人都需要吃药。

谢思慧说自己父亲患有关节炎、风湿病和骨痛病,医生叮嘱要用川乌泡酒来喝,所以自己想要买上半斤川乌。这个浑身枯瘦的男人不作声地听她说完,上下打量着她,三角眼眨了又眨,说:"川乌,川乌,你要买川乌。平时买这东西的人可不多。而且,你一要就是半斤,这个量可不小。"

谢思慧没再说话,把手袋放在柜台上,一声不吭地拿出两沓钞票来。这男人看到两沓百元大钞,三角眼瞪得有些圆了,他咳嗽着站起来,从药柜的顶层拉出一只抽屉,放到柜台上。

谢思慧看得很清楚,确定抽屉里那些歪歪扭扭、布满裂纹的黑褐色物体,和那天在张义强的公寓里看到的一模一样。她点点头,说:"对,就是这种药。"

那枯瘦男人把两沓钞票放进柜台下一只隐蔽的抽屉里,又上了锁,这才说:"这些川乌最多三两,全市也不会有哪家药店会卖给你半斤川乌。"谢思慧又点点头,说:"那我都要了。"枯瘦男人没有用药店里的土黄色草纸来包药,而是从柜台下翻出一张本市的旧报纸,把药都包了进去。

谢思慧拿过纸包塞进自己的包里,刚要朝外走,听到枯瘦男人在她身后说:"姑娘,我既没卖给你这药,也没见过你这人。"谢思慧顿了一下,扭头快速地说了一句"我也没来过你这店",脚步不停地走了出去。

后来,张义强的死讯,竟然还在互联网上成了一个不大不小的热点,这倒是谢思慧没想到的。当时,网络上出现了不少新闻,标题都是"中医名医司机死于中药中毒"之类。

这已经是谢思慧买到川乌半年之后了。这些帖子尽管大同小异,但谢思慧还细细翻看着,每当她读到里面关于张义强中毒而死的细节,都会从心底泛起一阵复仇的快意。

那天,古茂林和陶玉杏在四星级酒店"华永嘉怡温泉大酒店"里租下一间会议室,向两百多个老人推销他们的一款名为"宝还丹"的新药。在他们的嘴里,这种药是专治老年人骨质疏松、关节酸软无力的。只要坚持吃上一个月这种药丸,身体里的钙质能够迅速恢复到年轻人的水平,各种腿脚酸软之类的毛病一扫而光,比吃任何补钙的药物都管用。当时,张义强和往常一样,坐在一个不起眼的角落里。

之前,古茂林两口子很少到酒店里推销。毕竟,酒店会议室的租金可比小区里那些广场高得多了。但这次的"宝还丹",他们准备好好包装一番,借机发一笔大财,那自然需要一块像样些

第四章 剧毒　067

的场地。实际上,这种药丸的配方,基本上和"蜂精益髓丸"一模一样,唯一的变化,就是多添加了一些蜂蜜,改变了一下味道,又把药丸的形状做得更大了一些。这样做的目的,就是避免让吃过"蜂精益髓丸"的老人发现破绽而已。

那天天气很热,当古茂林和陶玉杏再一次驾轻就熟地把会场里的气氛炒得火热,老人们全神贯注地盯着他们两人时,谁也没注意到张义强从椅子上滑下来,倒在地上。古茂林把"宝还丹"的纸盒举到半空,大声喊着:"老年朋友们,今天我们的目的是给大家讲解一些延年益寿、保养身体的知识,并不是销售产品。'宝还丹'只带来两百盒,所以只限量供应给前排的各位。后面的叔叔阿姨,只好对你们说抱歉了,你们不要往前面挤……"

后排的老年人听他这么一说,急忙站起来,纷纷往前挤。古茂林摆在前面的纸盒很快被抢购一空,他和陶玉杏两人瞪大眼到处找张义强,却不见人影。老人们见没货了,先是咒骂一番,接着唉声叹气地离开了,会场里变得空空荡荡。

陶玉杏气坏了,重重地一拍桌子,说:"张义强呢,死到哪儿去了?今天这么好的气氛,带来的五百盒药本来都能卖出去——"她气呼呼地喊着,忽然发现自己老公正呆若木鸡地张大了嘴,目视着前方。她顺着古茂林的视线看过去,在会议室的角落里,张义强躺倒在那里一动不动。

哪怕从远处,任何人也都可以从张义强扭曲古怪的姿势里一眼看出来,他不是睡着了,而是死了。

酒店位于市中心，救护车只花了五分钟就赶到了。可是，医生到了张义强旁边，只是看了一眼，就摇摇头，说："恐怕救不过来了。"但他还是和一个护士一起蹲了下来，从急救箱里拿出各种仪器，插进张义强的鼻孔、口腔输氧。还有一个护士，则用剪子熟练地剪开张义强的衣服，露出大片胸口，然后拿出一对电镀金属手柄，紧紧贴在他的心脏部位，对他电击抢救。

尸体在电压的击打下不断颤动，不时离开地面，又重重落下。足足过了二十分钟，那几个医生和护士才叹口气，摇摇头，站直了身体。古茂林和陶玉杏两人面面相觑，一句话也说不出来。突然，陶玉杏哇的一声大哭起来，边哭边喊："他是个谁也不要的人，没亲没故，他就这么突然死了，是不是还得我给他出丧葬费啊？"

这件事之所以在网上被炒得火热，是因为当天买了"宝还丹"的老年人在回到家后，正要打开包装吃上几枚，却被儿女发现，这种药品虽然被吹嘘成仙丹一般，但从包装盒上的配方来看，"宝还丹"里只不过含有蜂蜜、山药、茯苓之类的常见药材，无论如何都不应该卖到两千多元一盒的天价。

最关键的是，包装盒的标签上，字样是"卫食健字"，而不是"国药准字"。这说明，这对夫妇明摆着是在把食品当成药品在卖。

有位老人的女儿在一家网站当网络编辑，正愁没有吸引点击量的新闻素材，马上带着摄影记者来到这家酒店。她本想现场揭露这对卖假药的夫妇，可她万万没想到，自己还有意外收获，卖假药夫妇的司机在卖药时当场发病而死。

她当时的第一感觉就是自己的年终奖一定能到五位数，但更出乎她意料的是，这件事在自家网站上曝光后，不计其数的大小网站都转载了。古茂林和陶玉杏马上成为人们心目中假药贩子的代表。那些网站上关于此事的报道，后面都跟着成千上万的评论，这两口子被骂得简直可以直接枪毙了。根据举报，工商局自然也找上门来，没收了他们的卖药所得，这是一笔两百多万的巨款。

后来，警方也对他们进行了调查，结果发现他们非常机警，从未在卖药现场说过自己的药能够药到病除，只是擅于渲染气氛。他们的套路是故作惊人之语，说老年人的身体缺这个缺那个，必须马上进补。这个时候，再把自己的"宝还丹"拿出来，这样一来，老年人自然就觉得这种东西一定对身体特别有好处。

其实，这种热门事件一般都是热上几天，就会被别的新闻冲淡。但是，古茂林两口子仗着自己能说会道，频频接受采访，自以为能扭转形象。就这样，他们一直是热点新闻人物，各种各样的新闻媒体就像草原上的各种食腐动物围住了被狮子丢弃的动物尸体一样，反反复复地找到他们。

当谢思慧第一次看到张义强死去的新闻时，心里涌出一阵无法形容的快意。这是第一个她真正亲手杀死的仇人。这也是第一次完完整整、彻彻底底的复仇。但是，随着新闻的不断发酵，她有些担心事情会不会牵扯到自己。毕竟，只要一打开电脑，登录上网站，在任何一家网站都能看到关于张义强之死的报道。

幸好，古茂林和陶玉杏两口子吸引了媒体的目光后，一再被披露出来的，都是这两个人的更多情况。这个新闻热点虽然是由张义强之死引爆的，但张义强反而成了"灯下黑"。当然，有少量报道涉及张义强，说的是张义强患有严重的关节炎，常年服用川乌药酒，最后导致他服用过量，中毒身亡。

警方也来到张义强的公寓中搜寻证据，结果找到了那瓶已经喝得所剩无几的川乌药酒。警方检测了剩下的药酒，发现里面乌头碱的含量，的确超过了普通药酒的标准足足有三十倍，完全达到了致人死亡的界线。

警方和新闻媒体在询问古茂林和陶玉杏时，他们都谈到了他们是如何选择张义强当他们的司机的。原来，古茂林和陶玉杏开始做保健品销售这一行，还是受到张义强的启发。在他们那个小团体里，张义强的角色，也不仅仅是司机那么简单。

那是在大半年前，古茂林和陶玉杏开了一家门脸小小的饭店，生意一直非常惨淡，收入连房租都无法支付。就在两人不知如何是好时，一天晚上，饭店来了一个一直喝闷酒的顾客，这人就是张义强。

他一个人在墙角占据了一张小方桌,从下午5点一直喝到了晚上10点,店里只剩他一个顾客了。这时,他还从怀里掏出一个小酒瓶,自己喝了几口。古茂林告诉他本店就要打烊了,而且也不让顾客带酒来店里喝。这时,张义强问他,这家店的生意这么差,他们两口子打算就这么挺下去吗?

古茂林不知道他是什么来头,只是上上下下打量他,没有接他的话头。张义强告诉古茂林,自己有一条发财的路子。说着,他从怀里掏出一张皱巴巴的烟盒纸,指着上面的几行字,说这是一个药方,配出来的药虽然治不了什么大病,但可以强身健体。古茂林问他,这个药方对自己有什么用。当时,张义强说,你们饭店可以先停业,在后厨制作一批这种中药丸,然后去各个小区里向老年人推销。

在各种媒体上,古茂林回忆着当时的情形,说:"反正饭店的生意已经维持不下去了,他这种药丸做起来也不难,我们就试着做了一批。张义强这人做事挺靠谱,他告诉我们,该如何向老年人推销,这种药丸才卖得快。后来,我们听了他的话,药丸果然卖得挺快。我们就把饭店关了,注册成立了一家食品公司,又找了一家食品加工厂,来加工这种药丸。"

古茂林也告诉记者,张义强的确身体不好,干不了重活儿,的确需要经常喝那种用川乌泡制的药酒。

这天晚上,看完对古茂林的访谈,谢思慧便关掉了电视。在一片漆黑中,她深深地陷坐在沙发里,回想着杀死张义强的整个过程究竟有没有漏洞。当时,她配好了张义强公寓的家门钥匙,发现他有喝药酒的习惯。她因为从小照顾瘫痪的父亲,对各种中药也略知一二,知道川乌药酒虽然对各种关节、骨头方面的疾病有治疗效果,但川乌这种药材里含有致命毒素乌头碱,如果川乌药酒服用过量,就会中毒而死。她由此找到了杀死张义强的办法。她花了半年时间,用买来的大量川乌泡制出了剧毒的药酒。最后,她再次潜入张义强公寓,把他的药酒更换成自己配制的。

她确信这次自己像上次一样,没有留下任何线索。这是她第一次完全真正由自己完成了复仇。这个晚上,云峡市下了一场大雨,酷暑里的燥热被一洗而空,别墅的通风效果又好,谢思慧睡得很香。第二天早上,她醒来后还一直躺在床上,开始筹划如何杀死第三个蹂躏自己的人。

在市公安局刑警队,直接负责调查张义强中毒死亡案的,是一男一女两名年轻刑警。男的叫高峻,二十七岁了,警官大学刑侦学专业的研究生,不但学历高,工作也非常勤奋,脏活累活从不挑剔。有一次,在一个气温高达三十九摄氏度的炎炎夏日,要从一堆三米多高的垃圾里翻出一枚嫌疑人用过的避孕套,他二话不说就顶着烈日跳进了垃圾堆,在刺鼻的恶臭中连续翻找了三个多小时,最终找到那个至关重要的证物。无论人品还是业务能力,他都可以算是警队里新一茬干警里颇有前途的。

第四章 剧毒 073

女的叫孟妍,是刚从警官大学本科毕业分到刑警队的女大学生,也很敬业,兜里随时装着笔记本和圆珠笔,每次听到前辈的破案经验就会如获至宝般记下来。

眼下,张义强中毒身亡的案子,案情似乎很简单,也没有什么可疑之处。毕竟,经过尸检后,可以确认张义强死于乌头碱中毒。川乌就是一种含有乌头碱的中药,在张义强胃中发现的毒酒,成分和在他家中发现的川乌药酒一模一样。

而且,他虽然有因为抢劫入狱的前科,但社会关系非常简单,看来没有和从前的朋友有过交往。最重要的是,张义强的确患有严重的关节炎和骨痛病,任何一个有经验的中医给他开药的话,药方里必然包括川乌。

刑警队长之所以把这次任务交给两个经验并不是很丰富的年轻警员,就是出于案情看起来很清楚的原因。

这个案子里唯一有疑问的,是川乌的来历。高峻和孟妍在张义强家中找到了几张购买川乌的收据,他们又据此找到张义强常去买药的中药铺子,对方的确经常卖给张义强川乌,但数量不多,泡出来的药酒根本不足以毒死人。但是,这也不能因此认为张义强死于谋杀。毕竟,全市的中药铺子大大小小有几百家,用来泡酒的川乌,完全有可能是他从别的地方买到的。

所以,高峻和孟妍最后认为,张义强死于意外。这天上午,局长在大办公室里召开工作会,让办案警员把几个案子的进度报告了一下,高峻说完张义强死亡案的情况后,大家也都赞同他的意见。

局长倒是没有急着下结论，他看见队里的一位老刑警始终不说话，趴在办公桌上一言不发，眼睛始终盯着压在玻璃板下面的全国地图，就稍一琢磨，说："这个案子我再考虑一下，时间差不多了，散会，先去吃午饭吧。"

大伙儿应声而散，局长走到老刑警旁边，说："老阎，你觉得这案子还有什么疑点吗？"老刑警从桌旁的暖气片上拿过自己的茶缸喝了两口，说："这案子线索太少，我再琢磨琢磨。"

局长点点头，说："老阎，你这茶缸不保温，别用了。我和孙局不是都给过你保温杯吗？那种杯子多好，什么时候喝，茶都是热的。"老刑警一笑，说："我就爱喝凉茶，这一大口灌下去，多痛快。"

老刑警名叫阎钊，是公安局非常资深的刑警，如今距离退休不过五六年时间了。三十五年前，他从公安学校毕业后，先是到派出所当户籍警，后来，因为帮着刑警破了几个本辖区内的刑事大案，市局领导觉得他是个可造之才，就把他调到了市公安局刑警队。这么多年来，能称为大案要案的案子，他破获了数十起。他后来参加函授学习，拿到了大专文凭。但他是不愿意当领导的，就爱在一线亲手破案子、抓罪犯。几次提拔的机会，他都让给了别人。目前公安局的局长、副局长，刑警队的现任大队长，当年刚刚来到公安局的时候，都是和他做搭档，由他带出来的。毕竟没几年就要退休了,再加上抓捕嫌疑人时受过重伤,领导们都不再派重活儿给他,局长为了保证他的退休待遇,也把他慢慢提拔到了局调研员的位置。

他呢,平时多是端着个大号茶缸,一声不吭地听刑警队的年轻人谈论案子。他的眼睛盯着面前的报纸,耳朵却已经沉到案子里面了。有时年轻人谈得差不多了,各自散去,他就会仿佛漫不经心地转悠到某个年轻人身边,轻声在他耳边说句什么,然后就快步离开。而这一句话,往往就能帮助年轻刑警找到案件的真相。

他拿过张义强的档案,上面记载的内容是,他出生于本市,从小学习成绩不佳,高中毕业后就四处游荡,后来还因为抢劫城乡接合部一家小杂货铺子被判刑八年,去年刚出狱。他父母均在他服刑期间过世,分别死于心肌梗死、乳腺癌。他死亡前住的房子,是十二年前他家拆迁后给他家的回迁房。

这的确是一个失败的人生。阎钊心想,然后喝了口茶,低头看起关于几个涉案人的讯问笔录来。

这天下午下了班,高峻和孟妍去了一家酒吧。两人端起杯子碰完杯,孟妍把杯子往桌上一放,轻轻叹了口气。

高峻说:"怎么了?情绪不好?是不是因为这案子的情况,和你想的不一样?"

"本来以为这案子各方面情况都挺清楚的,可以结案了,想不到还要再等等阎叔的意见。"她把脸转向高峻,说,"这个阎叔究竟是什么来头,我到刑警队来没多久,好像这儿的人都当他是活神仙似的。就连局长,都对他那么客气。"她伸手推了推高峻,说,"你比我早来两年,给我说说怎么回事啊。"

高峻盯了她一眼,说:"我刚来刑警队时和你一样,觉得这位局里的调研员,不就是个普通老头吗?这种老头,各个机关里多得不计其数,整天除了喝茶看报,啥事儿都不操心,纯粹就是等着退休。可后来,我在队里翻看以往的案卷时,看到一起案子,那回我可真算长了见识了。这老头,敢情算得上福尔摩斯呢。"

孟妍瞟了他一眼,说:"有那么神吗?"高峻说:"那起案子,是十多年前的事儿了,我当时看到的案卷已经又黄又脆了,内容也都是手写的,不少字迹都有些模糊了。可这个案子的案情实在是太震撼了,我一下午没干别的,都在看那个案子,一直看到晚上11点。回到家里,我还是反复琢磨案情,一晚上都没怎么合眼。"

孟妍听到这里来了精神,整个人转向高峻,说:"我刚来刑警队时,局长就让我平常要多看从前的案卷,可我来的时间毕竟不长,案卷还没看多少。你给我说说,到底是什么案子?"

高峻微微眯着眼,望着远处,一脸难以置信的神情,仿佛还沉浸在那个案卷里一样。他慢悠悠地说了起来:"十几年前,那时私家车刚开始普及,人们的车技普遍一般。有一年,一个三十出头的公务员在驾车带着老婆经过一座桥时,车子失控,坠入河中。丈夫在最后一刹那跳出了车门,女人却未能及时逃脱,被淹死了。

这本来是一桩看上去没有任何可疑之处的交通意外,而且,经过法医调查,女人吸入肺中的水,和这条河里的水的矿物质成分、微生物群落之类完全一致,这说明这个女人的确是被这条河里的水给淹死的。

"那个公务员是单位里业务骨干,还被列为后备干部。因为要配合调查,影响了他的正常工作,他的领导也找到公安局的领导,要求尽快结案。这个案子,当年影响挺大的,你还有印象吧?"

孟妍一歪脑袋,琢磨了几秒钟,点点头说:"这事儿我还真有印象。我记得当时我上初中,到处能听见有人议论这个案子。嗯,后备干部又怎么了?"

高峻说:"当年负责这个案子的就是阎叔。他经过现场走访,从当时亲眼看到汽车落水全过程的市民那里了解到,当时汽车本来是要转弯上桥的,结果车开到了桥头,没有丝毫减速,这才转弯不及,冲入河中。他又找到那公务员的几个同事,他们都是坐过他的车的,都表示他平时车技尚可,不应该发生这种失误。"

听到这里,孟妍气得一拍桌子,说:"这男的肯定是故意把老婆淹死的!他还真是个陈世美,不对,简直比陈世美更心狠手辣,当时就应该马上把他抓起来!"酒吧里,周围的人纷纷往这边看了过来,不知道这个年轻姑娘为什么忽然这么激动。高峻压低了一些声音,说:"咱们是刑警,凡事讲证据,不能凭感觉抓人。我问你,法医的鉴定结果里,明明白白写着,那死者吸入肺中的水,和河里的水里的矿物质、微生物什么的完全一致,说明她的的确确是被这河里的水淹死的。换了你,下一步该怎么办?"

孟妍咬着牙说:"这浑蛋真够狡猾的,谁知道他使的是什么阴谋诡计?"高峻说:"你没招了吧?说实话,这种情况下,怀疑归怀疑,我也没招。可咱们这位阎叔不一样,他重新勘查了死者的家庭环境,终于在死者常用的澡盆中发现了本市这条河中特有的一种水藻。死者家住公寓楼的十七层,和那条河八竿子打不着啊。到了这一步,那位公务员不得不承认,他半年前和单位的一位女同事有了婚外情,这事儿后来被老婆知道了。老婆扬言要去他单位大闹一场,让他和那位女同事身败名裂。为了不影响他自己的仕途,也为了和那位女同事的关系维持下去,他就对老婆动了杀心。经过一番苦心筹划,他自以为找到了天衣无缝的杀人方案。他提前一天,趁着天黑从河中打了水,倒入家中澡盆,再把老婆按入澡盆中活活淹死。然后把老婆的尸体放进车里副驾驶位置,系好了安全带,再假装车辆失控落水。"

"真是个禽兽!"孟妍气得拍案而起,全酒吧的人都朝这边看着。高峻说:"你赶紧坐下吧,不用这么义愤填膺,这个禽兽已经被执行死刑了。"

孟妍这才不满地嘟囔着坐下。高峻接着说:"此案一破,阎叔在全国警界都出了名。他自己倒是很平淡,除了开始接到外出讲课的邀请,生活没有任何变化。在公安局内部,慢慢有了个不成文的惯例,只要是牵涉到疑难命案,都会听一下他的意见。阎叔倒是从来没把自己当什么神探,还是像从前那样,接到破案任务就兴奋,那时已经四十多的人了,还像个二十来岁的小年轻一样,抓起犯罪嫌疑人来不要命。直到有一次,他追捕一名夜间拦路抢劫的惯犯,被凶犯开着摩托车撞倒,他当场昏迷过去,第二天清晨才被清洁工发现。人虽然抢救过来,但全身多处骨折,尤其是脊椎受了重伤。直到今天,他有三分之二的脊椎骨都处于严重移位的状态。从那之后,局里安排他做调研员,差不多算把他养起来了。但他根本闲不住,一听到有蹊跷案子,就想参与破案。反正出出主意、谈谈意见也不伤身体,局里也就由着他了。"

孟妍点点头,说:"那我就明白了,为什么他整天都在局里,从来没见他出现场。对了,当上调研员,也算局里的领导了,那比咱们队长都高半级了,应该有自己的办公室了吧,可为什么他整天待在刑警队的大办公室里?"高峻乐了,说:"他是有办公室,就在二楼,和局长、副局长他们一样。可他哪在办公室待得住,还不是整天到刑警队来?你就记住一条,他的茶缸在哪里,哪里就是他的办公室。"

孟妍一歪脑袋,想了想说:"那他的办公室里都有些什么?"高峻仰起头,一脸神往的表情,说:"阎叔的办公室,那真是个神奇的地方。里面没有别的领导办公室必备的大部头精装书、茶具之类,全都是他这么多年积攒的宝贝。"

孟妍的兴趣越来越浓,说:"他还喜欢收藏古董?"

高峻掰着手指头,眼睛里闪着光,说:"什么古董?他的宝贝可比古董珍贵多了。他的书柜里光是日记就几十厚本,全都是他多年来的破案心得，还有上百个重大案件的卷宗、讯问笔录、起诉书、判决书一样不落，虽然是复印件，但也够珍贵的。还有从民国一直到现在各个重大案件报道的剪报，都足够建个刑侦博物馆了。"

孟妍咬着饮料杯里的吸管，说："你进去过吗？"

高峻叹口气，摇摇头说："没有。阎叔自己都很少在里面待着，别人就更没机会进去了。我刚才给你说的这些，都是队长他们说的。"

第二天一早，孟妍刚刚来到刑警队，正要拉开办公室门，高峻从里面大步迈了出来。"你来得正巧，阎叔让咱们去他办公室。"高峻眉开眼笑地说。

孟妍赶紧跟着他来到二楼，敲门进了阎钊的办公室。她看到，这里的确和她见过的领导办公室不太一样。这房间里也有一面墙那么大的书柜，里面有不少书，还密密麻麻装了三层档案袋。每个档案袋都有砖头那么厚。另外，书柜还有整整两层，装满了同一个样式的笔记本。这个包在红色塑料皮里的本子，孟妍自己也有，是局里统一发的。阎钊的笔记本，有上百本，只是有的塑料皮还很鲜艳，但有的已经变成了暗红色，一看就有二十年以上的时间了。书柜顶上，还摆着两只上了锁的行李箱，不知道里面装的是什么。

没有书柜的那面墙上的内容更奇怪，是十几张用图钉钉着的

第四章 剧毒　081

通缉令。

阎钊的办公桌上,也没有大人物的老板台上常见的豪华台历、红木笔筒之类,最醒目的是几大摞堆得高高的报纸和杂志。这些报刊,越往上看越新,那些压在底部的报刊,都已经泛黄了。在这些报刊的中间,才是一小块仅有一尺见方的空地。孟妍看到,那里摆着的是张义强一案的卷宗和那只大号茶缸。

阎钊见他们进来,指了指办公桌前那两把老式电镀折叠椅,示意他们坐下。然后,他又扫了一眼卷宗,说:"张义强死于乌头碱中毒的这个案子,还有一个疑点。这个疑点排除了,案子才能以意外来结案。"

高峻和孟妍互相看了一眼。还没等他们回答,阎钊又说:"你们对古茂林和陶玉杏的讯问笔录我看了。这两位我虽然没见过真人,但我觉得,他们一定是非常精明的两口子吧?尤其是在金钱上,两人都格外在意。"

高峻和孟妍这次没有互相看,就一齐点点头。

"看来我没猜错。那么,他们怎么会在刚刚结识张义强的时候,对他还不了解,只是听他出了个主意,就把经营多年的餐馆关掉,改行去做保健品生意?而且,他们从前以一家小饭店来谋生,我去那一带了解过,那家小店当时的生意很差,那么他们从事保健品生意的启动资金是从哪里来的?"

高峻想了想,说:"当时古茂林他们说到这里的时候,我也有些奇怪。毕竟,他们不像是那种容易轻信别人的人。但我又一想,反正他们的餐馆已经经营不下去了,自己的处境不会变得更差了,索性死马当活马医,况且张义强说得也有道理,于是,这两口子就听从了张义强的建议。"

阎钊微闭着眼睛,伸出食指和中指,轻轻弹着那只搪瓷缸的边沿,整个房间陷入寂静。过了一会儿,他睁开眼睛,摇摇头,说:"那也不对。你们想想,改行对他们来说,最重要的是前期的投资从哪里来。按照张义强的那张药方,就算他们制造出来的药丸不需要太高的本钱,但按照那两口子的个性,也未必会舍得拿出一笔钱来冒这个风险。更有可能的是,他们因为不需要用自己的钱来冒险投资,他们才会去改行卖药丸。"

高峻和孟妍互相看着,两人脸上都浮现出难以置信的神情。说:"您的意思是,那笔钱其实是张义强出的?"

阎钊缓缓点头。高峻回想着和古茂林、陶玉杏打交道的过程,说:"您说得对,有这种可能。"

孟妍马上说:"我们马上重新去找他们两口子!"

下午,高峻两人返回警局告诉阎钊,古茂林两口子一口咬定他们改行卖中药的启动资金是自己多年的积累,和张义强没有任何关系。孟妍一再告诉他们,张义强在世上没有亲属会来继承他的遗产,所以,他们不用担心需要还钱。可他们还是死死咬定张义强只是给了他们一个药方,没有其他贡献。

阎钊说,这肯定是他们两口子串通好的假口供。毕竟,张义强中毒而死已经有一段时间了,他们完全有时间来准备假口供。但目前没有证据来推翻他们的话,所以,我们只能认定他们的话是真实有效的。"既然这样,这个案子只能按照意外来结案了。"他大口喝着缸子里的茶水,没有任何表情地说。

高峻和孟妍有些不好意思地低下头,阎钊看他们这副表情,哈哈一笑,说:"你们这是怎么了?这案子不是可以结案了吗?从目前的各种证据来看,已经形成了证据链,可以确定张义强死于意外。"

高峻抓了抓头皮,说:"但是,您提出的疑点,我们没能查出什么结果。"

"这个案件虽然已经结案,但你们还可以继续查下去,主要是调查张义强。如果那笔钱的确来自张义强,就要调查他怎么会有这笔钱。生产药丸,总要买原材料吧,买机器设备吧,生产出来后,还要进行包装。要把药丸卖给老年人,还需要租场地,这些加起来,需要一二十万块钱。那两口子遇到张义强的时候,张义强刚刚出狱不久,他怎么会有这么一大笔钱?别忘了,他可是因为抢劫一千多块钱而被判了八年。只有查清这笔钱的来龙去脉,搞清楚这笔钱和张义强的死有没有关联,这个案子才算彻底水落石出。"

高峻和孟妍互相看了看,一起缓缓地点着头。

第五章　设局

这段时间,无论张义强案件多么火爆,谢思慧表面上始终是一副平静淡然的神情,也从来没有和任何人谈过这个案子。从她脸上看,任何人都看不出她和此案会有任何关联。

反倒是谢俊国和曹春枝,自从过上了衣食无忧的生活,不用操心生计了,多余的精力都转移到电视上了。两人有着一致的兴趣点,就是爱看征婚类的电视节目。在21世纪的头几年,后来火遍全国的电视相亲还没出现,婚恋类网站在人们心目中也相当于骗子集中营,唯一让人们觉得靠谱的征婚类电视节目,那时在形式上还处于相当原始的状态,内容基本上都是播放征婚者个人提供的视频。

这个节目因为广受家有大龄子女的老年人欢迎,基本上每天都有,所以,谢俊国和曹春枝也就每天追着看,还一人拿着一个小本儿,看到有和谢思慧条件相当的男人,马上在小本儿上记下对方的电话、年龄、学历等,再郑重其事地推荐给谢思慧。

这天吃过晚饭,他们又拿出小本儿,郑重其事地把他们看好的几个男人推荐给谢思慧。谢思慧无心理会他们,推说还有工作,倒了满满一杯红酒,回到自己的卧室。她没有开灯,而是在一片黑暗中站在窗前,眺望着窗外笼罩于夜色中的整个城市。酒意慢慢进入了她的大脑。她想,这是一座生活着一千五百多万人的城市,自己一个接一个地杀掉那些伤害过自己的人,其实也是在为这座城市除害。

但是,怎样才能避免被警方找到呢?如果警方查到张义强和八年前死在自己手里的杜庆发曾经有过某种关联,说不定就会一步步找到自己。她早就不觉得活着还有什么乐趣,但是,在完成对所有仇人的报复前,她绝不能停下。如果自己被警方逮捕,而当年伤害过自己的人还可以继续活着,那是谢思慧最无法接受的事情。

暗夜里,她把杯子里的红酒一饮而尽,眼神中迸发出仇恨的光芒。

又一天晚上,谢思慧回到家里,和平时一样,只见谢俊国端着茶杯,正窝在沙发上看电视,旁边搁着他那副德国进口的轮椅。曹春枝则和保姆一起在厨房炒菜。曹春枝是个闲不住的人,如果总是等别人准备好饭菜,自己吃现成的,会让她有一种罪恶感。谢思慧劝过她很多次,可她毕竟吃了半辈子苦,被人伺候时总觉得挺不好意思,非得自己也付出劳动了,这饭菜吃起来才香。谢思慧后来也就由着她了。这天,谢思慧进了家门,洗漱后换了睡衣,往脸上贴着面膜,重新回到客厅里,看到电视机里正在播放本市新闻。

她只瞟了电视一眼,就原地一动不动,愣住了。出现在电视新闻里的,就是那个雨夜里另外一个强奸自己的人。当时,他和杜庆发、张义强三个人正勾肩搭背地向自己家的烟酒回收店走来。

电视新闻里说,一位市领导在海悦商城总经理阮文斌的陪同下,检查该商场节日期间物资供应情况。此时,在电视屏幕上,阮文斌身穿笔挺的西装,领带也打得精致饱满,头发梳理得纹丝不乱,正小心翼翼地站在市领导身边,向他介绍着该商场的情况。谢思慧慢慢坐下来,一字不落地看着这则新闻。虽然时间已经过去了十三年,但她确信,这个男人就是当时在杜庆发和张义强中间的那个人。

她的全部注意力都放在了电视屏幕上,就连曹春枝已经炒好了全部五个菜,烧好了一大盆汤,再把这些晚餐一一端到桌上,她都没注意到。曹春枝和谢俊国坐在餐桌两侧,看着谢思慧这么全神贯注地看着电视屏幕,莫名其妙于她为何突然对这个很普通的新闻发生兴趣。

吃完晚饭,她回到书房,在电脑上搜索了一大批关于阮文斌的情况的资料。整个晚上,她都毫无睡意,始终在研究这些网页。到了第二天清晨,当她打了个大大的哈欠,从电脑前站起身时,她觉得自己对他的整个人生都了解得差不多了。

根据她查到的内容,当年自己被强奸的时候,这个阮文斌正在上大一,而且他因为中学期间品学兼优,被保送上的大学。她不明白,这样的优等生为何会和杜庆发、张义强这样的差生勾结在一起?她读书时期的经验告诉她,哪怕是在同一个班里,优等生和差生几乎生活在两个截然不同的世界。他肯定知道,如果自己犯下的强奸罪被破案,他会遭到什么后果。

但是,这样的疑惑,只是在谢思慧的大脑里出现了一秒钟就烟消云散了。毕竟,阮文斌的犯罪动机对她来说并不重要。她只需要确定这个人就是蹂躏过她的禽兽之一,就足够了。

后来,她还从网上下载了阮文斌的照片,到了当年那张她用自己身体换来的纸条上第二个电话号码所在的大杂院。那里仅剩的几个当年的住户看过照片后告诉她,阮文斌的确在那里住过。

这说明,阮文斌的的确确就是那三个轮奸自己的人之一。接下来,她虽然还在不动声色地上下班,但在她的脑海里,一个复杂的几乎无懈可击,也无法逃脱的杀人计划慢慢成熟了。

和她已经杀掉的两个人相比,这个计划是最复杂的,也最具毁灭性。因为对于谢思慧来说,此时此刻,她看到阮文斌这个强奸过自己的浑蛋,竟然这么无耻地以成功企业家的形象出现在公众面前,实在令人作呕。

自己一定要彻底地完成复仇,既要消灭他的肉体,也要让他名誉扫地,要让人看穿他的真面目。

本市最高档商场的总经理,几乎算是本市的公众人物了。而且,海怡商城是有自己的网站的,上面有关于阮文斌的介绍。此人大学毕业后,起初一直走仕途,在工商局质检科工作了两年后,辞职下海,通过一次公开招聘,当上了海悦商城的总经理。后来,他把这里一步步发展为本市最高档的购物场所。

就像当初在杀死张义强前,跟踪过张义强很长时间一样,谢思慧也开始跟踪阮文斌。结果她发现,阮文斌的生活竟然非常有规律。他和自己,也和很多富人一样,在郊外有别墅。他平时晚上很忙,不是加班就是参加饭局,一般都是在八九点钟之后,他才会驾车返回别墅,和老婆孩子团聚。

他的别墅位于机场附近,那里是本市最高档的别墅区。平时在市区活动时,他总是被秘书或者下属包围,只有返回别墅时,他才会自己开车。至于他的别墅,更是戒备森严,不但园区内随时有保安巡逻,每一名进入别墅区的人,无论是业主的亲友,还是业主雇用的厨师、司机、保姆之类,也需要凭借证件才能出入。也就是说,只有在市区和别墅之间的这条路上,阮文斌才处于孤身一人的状态。

在一个平静的下午,谢思慧驾车在这条路上反复走了几遍。这条路十七公里,其中五公里在市区范围内,是标准的水泥铺装路面;还有十一公里是市区外的公路,柏油路面,路况也不错;最后一公里是别墅区开发商专门为自己的业主铺设的非市政道路。

谢思慧把注意力放到了这十一公里的郊区公路上。终于,她在一个三岔路口看到一块路标,上面显示沿着与通往别墅区相反的那条路走下去,在五公里外,是一处名为蜂鸟社区的新建公寓项目。

她记得这个项目,它定位于收入较高的年轻业主,整个楼盘都是小户型。在路标旁边,则是一处公交车站。这一站,也是整个公交线路的最后一站。这也就意味着,住在蜂鸟社区的年轻人,如果搭乘公交车去城里上班的话,还需要骑自行车从住处来这里。

她驾车在蜂鸟社区、别墅区和公共汽车站来回往返了几次,又回到了路标处,在路边停好车。树丛的阴影把汽车笼罩进去,树枝斑驳的影子在她的脸上划过。她望着公交车站里正在等车的年轻人,心里慢慢有了一个计划。

桑丽菁来到这家名叫"惠万家"的小超市打工,已经有三个月了。她初中毕业后没考上高中,就一直做超市收银员、饭店服务员之类工作。因为长得漂亮,无论她做什么工作,都经常有男人来和她搭讪。对于这些人,她一律懒得搭理。她知道美貌和年轻是自己最大的资本,绝不能轻易浪费出去。

这天下午3点半左右,因为是工作日,小超市里顾客并不多,只有一个戴着大号墨镜、身形瘦削的女人在懒懒散散地看着货架。毕竟当了几年收银员,很多顾客进了店,她一眼就能看出这人是真的要买东西还是闲逛。但对于这个女人,她却完全看不出来她的目的。从这个女人的衣着来看,她更习惯的购物场所应该是那些布满各种世界名牌的高档商场,而不是这种只提供油盐酱醋各种日常必需品的路边超市。

但是,对于这个女人,桑丽菁也没多想,她看到四周没人,店里也没什么生意,就从兜里拿出一张细心折叠起来的广告彩页,在面前摊开,仔仔细细地看着。

这是一份手机广告,上面印着的是2004年最新款手机。这款手机不但有着美妙的音乐和弦,拍照功能也是当年市面上最强大的,摄像头足足有一百三十万像素。

彩页上,这款手机正被平放在她最崇拜的一名男影星的掌心,手机的天线上,还挂着一枚熠熠生辉的钻戒。男影星正单膝跪地,把手机还有钻戒,一起献给面前的女影星。这女影星身穿金色晚礼服,伸出手准备扶起男影星。

这个广告的每一个细节都在说,无论是谁,只要买下这款手机,就能拥有像这两个影星一样璀璨华贵的生活。

桑丽菁不知道把这张彩页看过多少遍了。她觉得这款手机无论外形还是功能,简直都太完美了,所有的细节仿佛都是为自己定做的。

但是,就像所有的奢侈品一样,这款手机只有一个缺点——昂贵。在21世纪初的那几年,桑丽菁这样的超市收银员,每月工资只有一千出头,这款手机要五六千元,她得半年不吃不喝才买得起。

但她不能不吃不喝,而且每月还要支付三百多元的房租。她知道,这款手机对于她来说,就像天上的月亮一样遥远。如果她单单买不起这款手机那也就算了,主要是,她工作的这家超市,一共只有两个收银员,一周前,她同事沈娟的老公刚刚给沈娟买了这款手机。沈娟还给她看过拍出来的照片,效果和数码相机相差无几,的确比她手里这款只有三十万像素的手机强得太多了。

最可恨的是,沈娟曾经故意装出一副很遗憾的神情,说从前没有这款手机时,想出门玩的话马上就去了。如今有了这款手机,本来想一个人自由自在地出门玩,可是为了拍照片,为了发挥这款手机的拍照功能,也只好把老公也带上,让老公来给自己拍照。

那时的女人,还不知道不久后将会出现一种名为自拍杆的东西流行起来,一举解决她们的难题,成为所有酷爱拍照的女孩子的标配。

一想到沈娟那副得意扬扬的神情,桑丽菁就恨得牙根直痒。此时,桑丽菁满脸向往的表情,还有她面前的那张广告彩页,都被货架后面的那个女人看得清清楚楚。

第六章 诱饵

一周后的一天晚上,已经是8点52分,桑丽菁很快就可以下班了。因为这家小超市不处于黄金地段,平时到了这个时间,基本上都没什么顾客了。

四周一片寂静,她抬头看着对面货架上挂着的石英钟,觉得自己的心脏都快跳出来了,恨不能用手把时间拨到9点钟,她就可以马上离开这里,回到马路对面那栋老式公寓楼上自己那间狭窄的房间里,去细细欣赏、把玩藏在裤兜深处的那件小东西了。

她把头探出收银台,朝外面张望着。只见马路上车辆并不多,人行道上更是半个人影都看不到。她把手伸进裤兜,用指尖感受着那个东西凉丝丝的金属表面。

忽然,一阵脚步声似乎从超市外传来,而且,这声音显然是由高跟鞋发出的,她的心脏一下子高速跳动起来,手触电般从兜里拿了出来。她全身绷得紧紧的,伸长脖子朝超市门外看着,一直等到过了一分钟,始终不见有人进来,她这才长长地出了一口气。

终于,石英钟的时针指到了"9"的位置,她从坤包里拿出磁卡,在装在收银台内侧的打卡机上打了卡。她的心情一下子变得舒畅极了,她轻松地哼着歌,关掉收银机和电灯,穿上外套走出了店。她锁好店门,正要转身快步离开,忽然在玻璃门上看到,自己身后竟然站着一个人影!

这个人影正笑眯眯地注视着自己。

完了!

桑丽菁在心里不出声地惨叫着。这是一个三十岁出头的女人,穿着精致的乳白色高筒麂皮靴子、金褐色的羊绒短大衣,头发烫得既松弛又纹丝不乱,小臂挎着的坤包上那一枚银色的"GC"字样,即使在夜里,也被路灯映得熠熠生辉。

她知道,仅仅烫这么一次头,就需要花掉自己两个月的工资。

她转过身,看着这个女人。这个女人身上唯一和别的衣着装饰不太协调的,是她手里握着的一部小小的卡片式数码相机。这女人上下打量着桑丽菁,说:"你很喜欢那部手机?"

桑丽菁咬着嘴唇点点头,把手伸进裤兜,拿出了那部两个小时前,她在货架上拿走的手机,伸到那女人面前。

当时,正是下班的高峰时段,这个女人一边打着手机,一边急匆匆走进这家小超市。桑丽菁一眼就认出她正在用的手机,就是自己心心念念、朝思暮想的那一款。她猜想,这女人一定是因为外面马路上人多车多,太嘈杂吵闹了,所以才躲到室内打电话。

果然,这女人进了超市,就一直到了最深处的那一排货架后面,桑丽菁只能模模糊糊听到她说的都是公事。几分钟后,女人讲完了电话,似乎又在货架上稍稍浏览了一下。

超市里摆放着几个反光镜,桑丽菁可以从收银台后面看到整个超市的各个角落。这时,她看到这个女人始终握着那款手机。她知道,自己这家小超市,只卖一些市民家庭里的日用品,就凭这女人的衣着气质,这里不可能有什么东西会被她看中。但是,这女人似乎发现了什么,把手机往货架高处一放,又从货架底部拿出一件东西。

桑丽菁不用看,从那个位置她就知道,那女人拿起来的是一包卫生巾。她想,整个超市里,大概只有这个东西,这个女人才用得上。那女人似乎有些紧急情况,她拿着卫生巾,来到收银台前,匆匆结了账就快步离开了。桑丽菁注意到,她忘记了放在货架上的手机。

女人的脚步声消失了,桑丽菁猛地站起身,到了超市最深处,看到货架上在一排纸巾中间赫然放着那部手机。桑丽菁飞快地伸出手拿起手机,塞进自己裤兜,然后回到收银台后坐下,只觉得心脏简直要从胸口跳出来了。她看着石英钟,心想,如果女人回来找手机,我就说自己只是替她暂时保管。

时间一分一秒地过去,终于,女人离开已经两个小时了。她如果在附近换完卫生巾,发现手机丢了,早就应该回来了。就在桑丽菁相信这款手机已经属于自己的时候,手机的主人却出现了。

女人看着桑丽菁手里的手机,并没有伸手去接,反而笑笑说:"你很喜欢这部手机?"桑丽菁脸上红了,但她马上把头一仰,说:"我一直在替你保管手机,根本没想据为己有。"

女人又笑了,说:"真的吗?那你为什么要把手机带走?"桑丽菁哑口无言,整张脸涨得通红。女人指了指身后的汽车,说:"你上车,我带你去一个地方,手机的事儿,到了那里再说。"

桑丽菁本来想说"你要带我去哪里",但是,她整个人仿佛被这女人的气场笼罩住了,再加上这女人要自己坐的汽车实在是太漂亮了,她的话哽在喉咙里,没有说出来。

女人带她去了本市新开业的一家高档西餐厅。进了餐厅,女人找了个角落坐下。服务员拿着菜单走过来,女人很利落地在菜单上随意指了几下,就算点完菜了。桑丽菁只恨这部手机并不属于自己,否则,她会第一时间拍一张自己坐在这家餐厅里的照片,发给自己的闺密。虽然一条彩信要花掉五毛钱,但让别人看到自己有机会在这家餐厅用餐,那也值了。

在2004年,她还没法预测到七年后,将出现一种叫作微信的东西。在那时候,她可以在这个软件中尽情炫耀任何她希望别人知道的东西,不管是一顿美味佳肴,还是一件名牌衣服。

等到服务员走开,桑丽菁刚要再次解释,还没等她张嘴,女人说出的一句话,让桑丽菁惊呆了。

"这部手机送给你了。"

桑丽菁正不知道如何答复,女人又说:"你是不是很想住到蜂鸟社区去?"

如果说刚才女人的那句话让桑丽菁惊讶,那这句话就很让她觉得有些害怕了。蜂鸟社区是本市新开发的一处楼盘,专门提供给单身白领。这个楼盘的开发商请来最受年轻人追捧的港台影星来做广告,强调这个项目的每个细节都是为年轻人量身定做的。

这个楼盘的广告遍及市区各处,桑丽菁不知道每天要见到多少次。但是,不要说买蜂鸟社区的房子,就连租她都租不起。

那女人收起笑容,说:"我可以给你在蜂鸟社区租一处房子,这部手机你也可以留下。"

这个时候,桑丽菁已经明白,这个女人肯定有求于自己,那部手机,也不过是她设下的圈套。这样一来,她就彻底放下心,说:"手机、房子,都不是白给我的吧?你需要我做什么?"

女人拿出一张照片,说:"就一件事,非常简单。"女人告诉她,她在搬进蜂鸟社区后,需要在某一个晚上,在郊外搭上照片上这个男人的车,并要求这个男人把自己送到蜂鸟社区,再把这个男人带进自己的房间。

桑丽菁看着照片,只见这个男人三十四五岁,身高中等,身穿西装,戴着金丝边框眼镜,正从一处看起来挺高级的写字楼旋转门中走出,一副生意人的样子。桑丽菁轻轻摇了摇照片说:"我不需要真的去付出什么吧?"

那女人摇头说:"不用,我还不想让一个年轻漂亮的女孩子就这么便宜了他。你只需要靠在他怀里,让别人看到后觉得你们关系特殊就行了。我到时会出现在现场,拍下一张照片。你的酬劳,除了手机和蜂鸟社区那套房子一年的房租,还有三万块钱。"

桑丽菁有些不太相信,她睁大眼睛说:"就这么简单?"

那女人一摊手,说:"就这么简单。对你来说,绝对是小事一桩。"然后,从坤包里拿出香烟和打火机,点着后深深吸了一口,又从包里抽出一张照片,丢到桑丽菁面前。

桑丽菁拿起照片,这是一张已经有些泛黄的旧照片,照片右下角印着"1992.06.28"。这说明,这张照片已经有十多个年头了。照片上是一男一女两个人,两人二十出头的样子,都身穿泳装,正倚靠在一起,男人的手紧紧搂着女人的腰。

任何人都能看出这两人是情侣或者夫妻关系。桑丽菁再一细看,发现坐在自己面前的,正是照片上的女人。而搂着她的男人,就是自己刚看到的另一张照片上的男人。

桑丽菁说:"你们看起来很般配。你为什么让我引诱你的男人?他劈腿了,你要报复?"

女人伸出两只手掌,无声地鼓了鼓掌,说:"你的确很聪明。这张照片是我和他在北戴河相遇时拍的。那时,我还以为我们是真正的一见钟情,实际上,他那时已经和别人订婚了,他却向我隐瞒了这一点。直到一年后,我才知道了他有老婆。那时我本想离开他,他告诉我,他老婆是一个高干的女儿,等他利用岳父升迁到想要的职位,一定会尽快离婚。我再一次相信了他。但是,他一直拖着不肯离婚。这些年来,我一直处于这种见不得人的关系中,我之所以忍受这种如同守活寡的日子,就是盼着他能离婚。可是,一个月前,他忽然告诉我,他还是爱着他老婆,不打算离婚,也不想再见我了。我知道,他已经把我玩腻了。但是,我不能就这么浪费了我的青春,我必须让他补偿我。但是,和他在一起的时候,我实在太爱他了,对他没有任何提防,而他呢,和我在一起的时候,他一直小心翼翼地没有留下任何把柄。所以,只要我尽快拿到他和别的女人在一起的照片,我就能去要挟他,让他给我一大笔钱。"

桑丽菁又想了想,说:"万一,他不肯上当呢?"

那女人盯着她说:"你是一个年轻漂亮的女孩子,我相信你有办法让他上当的。"

桑丽菁低下头,女人微微一笑,伸手轻轻拍了拍她的手背,轻声说:"快点儿吃吧,牛排快凉了。"

桑丽菁很快把牛排吃完了,攥着手机,步伐轻快地走出了餐厅。毕竟,只需要一次小小的冒险,就能够挣到一部梦想中的手机和相当于自己两年薪水的报酬,这笔买卖实在太划算了。更不用说,还能在蜂鸟社区这么高级的楼盘住上一年!

谢思慧招手叫来服务员,收拾好餐桌,又重新要了一杯咖啡。在咖啡的袅袅香气里,她又点燃了一根香烟。此时,整间西餐厅的顾客已经寥寥无几。

这是她第一次把原本无关的人拉入复仇计划中。桑丽菁这个女孩,几乎在所有方面都和十多年前的自己截然相反。自己一向对物质没有太多欲望,如果不是为了报仇和让父母过上更好的生活,自己宁可当个图书管理员,过平淡如水的生活。

今天的这次会面看起来简单,她却足足准备了半年。当初,在知道阮文斌驾车返回别墅的路上会经过一处路口,这个路口的另一条路将通向蜂鸟社区时,她就决定利用这一点来制造报仇的机会。

当初伤害自己的三个人里,只剩下这个阮文斌了。自己绝不能让他轻易死掉,一定要让他在死前明白,是那个十多年前被他蹂躏过的女孩在向他复仇。

她的计划本来是在某天晚上,在阮文斌下班回家的路上,由桑丽菁拦下阮文斌的车,说自己刚刚搬到蜂鸟社区,路不熟,迷路了,找个理由让阮文斌开车送自己回家。对于阮文斌这个多年前曾经强奸自己的色魔来说,桑丽菁这样年轻漂亮的女孩子,他肯定不会拒绝。当阮文斌驾车送桑丽菁返回公寓时,自己早就等候在那里,然后趁阮文斌不备,用一把早就准备好的锋利匕首捅死他。然后,她会把匕首交给桑丽菁,再把现场伪造成是阮文斌企图强奸桑丽菁,她正当防卫,杀死了阮文斌。

以前,虽然杜庆发、张义强也是死在自己手里,但自己毕竟没有亲眼看到他们死去。这次杀掉阮文斌,是自己亲眼看着仇人死去的最后机会,谢思慧再也不想错过。

这个计划其实是有一个漏洞的,那就是桑丽菁有可能认识阮文斌。从社会阶层上看,桑丽菁是那种最普通的打工女孩,学历低、收入低,几乎不太可能和阮文斌这样高居社会食物链顶端的成功男人有什么交集。但是,阮文斌毕竟是本市最高档商场的总经理,偶尔会出现在电视上。

幸好,经过刚才的接触,她基本可以确认,桑丽菁完全没见过阮文斌。

三个月后的一个周五,傍晚。

这个时候,已经是晚高峰时段了,城里各处道路都已经是车满为患。但城市边缘地带,穿梭往来的车辆并不是很多。谢思慧开车带着桑丽菁,沿着阮文斌下班回家的路线出了城,到了那个三岔路口,把私家车停放在一处不引人注目的树荫下,这里距离那处自己早已很熟悉的公交车站只有一百多米。汽车的前面是两条岔路,一条通往阮文斌居住的别墅,另一条则通往桑丽菁刚刚搬进去不久的蜂鸟社区。

在这里,高大的树冠挡住了路灯的光线,整部车都位于昏暗的阴影里,即使从旁边经过的车辆,也看不清这辆车内的情况。

谢思慧看了看手表,又点燃了一支烟。这段时间,她对香烟的依赖越来越大了。这天下午,从她开车出家门,到接上桑丽菁

第六章　诱饵

来到这里,在两个小时的时间里,她已经抽掉了一整包香烟。从前,她还只抽那种细长的女士专用烟,这段时间,她已经改成抽标准烟卷了。她觉得,这种烟更有劲儿,更能激发自己的斗志。副驾驶位置上的桑丽菁则目光茫然,面无表情地看着车辆稀少的路面。

谢思慧已经查到阮文斌今天的行程。他今天下午要到市商务局开一个振兴民营企业的座谈会,这个会预计 6 点钟结束。根据周五的路况,他会在 7 点钟左右抵达这里。她瞟了桑丽菁一眼,觉得她的神情看上去过于紧张,车里的气氛太尴尬了,这样不利于桑丽菁顺利执行原定计划。

她调整了一下情绪,轻轻拍拍桑丽菁的手背,说:"从前谈过恋爱吗?"桑丽菁一愣,没想到谢思慧突然问她这么私人的问题。这段时间,她已经模模糊糊把谢思慧定位为类似于老板的角色了。她摇摇头说:"没有。"

谢思慧微笑了一下,说:"你这么漂亮,平时追你的男孩子一定不少吧?"桑丽菁不好意思地撩了撩头发,说:"我一农村傻丫头,刚来城里没两年,哪有人追?"

谢思慧说:"以后,你再考个大学的学历吧,电大,自学考试,都可以。你这么年轻,别太贪玩,以后的日子长着呢,有个高点儿的学历,在城里才能找个好工作。"

桑丽菁更不好意思了,说:"我哪是学习的材料,我在县里的卫生学校上了一年半再也读不下去了,就到城里来了。这辈子,我一个字的书都不想再读了。"

谢思慧望着桑丽菁细嫩的肌肤,说:"年轻真好啊!有大把的时间可以想怎么用就怎么用。"

桑丽菁微微低下头,没有再说什么。但谢思慧猜得出,她一定是在想,年轻有什么了不起,很多人都很年轻。

谢思慧把脸转过来,不再看桑丽菁。她把头靠在座椅头枕上,心想,我也年轻过,现在也可以说还抓着年轻时代的尾巴,但我真的年轻过吗?过去的十五年,我每天都在想同一件事,那就是报仇,报仇,报仇。就算今天真的杀掉了阮文斌——我的最后一个仇人,我以后就能真的快快乐乐地生活吗?

她望着车窗外空旷的路面,天色越来越暗,渐渐黑透了。就在这时,她的手机响了起来。这是她定好的7点钟闹钟。她把心肠硬起来,对桑丽菁说:"时间到了,他随时可能到。"

桑丽菁点点头,拉开车门下了车,轻轻甩着手里的坤包,朝着三岔路口的方向走了过去。路灯把她的影子拉得长长的,谢思慧心里再一次感叹——

年轻真好啊!

三天后的周一下午2点,谢思慧坐在自己的办公室里,等着一名平面设计师的到来。她这家证券公司刚刚研发出一款理财产品,专门面向办公室一族,准备作为今后的主打产品。

但是,整个周末和这一天的上午和中午,她的心始终没法平静。周五晚上发生的一切,完全打乱了她的计划。虽然最后的结果是她成功复仇,杀死了阮文斌,但整个过程实在太过惊心动魄。这两天,她已经无数次刷新本市的新闻网站,始终没看到阮文斌之死的消息。

周五晚上发生的一切,起初还完全在自己的计划之内。桑丽菁下车后,她很快就开车离开,去了蜂鸟社区。她相信桑丽菁能够按照计划在路边拦下阮文斌的车,然后上车。谢思慧来到桑丽菁的公寓,就躲在窗帘后,远远看到阮文斌的汽车开进了蜂鸟社区。很快,电梯门开启的声音从走廊中传来,她赶紧躲到衣柜里。

阮文斌和桑丽菁进了房间后,桑丽菁很快就按照她的计划,开始引诱阮文斌。但是,她万万没想到的是,阮文斌竟然推开了桑丽菁——

她刚刚回忆到这里,她的助理丁菀敲门走了进来,还带来了一个平面设计师。

市刑警队接到蜂鸟社区物业的报警电话,已是周日下午的事儿了。当时,因为阮文斌连续两个晚上没回家,他的妻子报了警。警方就向全市各个单位、企业、社区、医院发了协查通报。阮文斌的相貌、身份证号码、汽车号码等个人信息都在协查通报里。

协查通报的传真,也发到了蜂鸟社区物业公司保安部。周日早上8点45分,当保安部里的传真机吱吱作响的时候,这座小区的保安部经理皮小勇刚刚结束了当天的第一次巡逻。

皮小勇原本在老家省城一所不错的大学就读,后来因为一心想当私家侦探,就退学来到繁华的云峡市,他觉得在这里当私家侦探的机会一定很多。可是,私家侦探哪里是那么好当的。他倒是曾经到几个号称"咨询公司"的侦探社里打过工,可在那些地方,他只能干一些打杂跑腿的活儿。拍那种高度隐私的照片的本事,人家是不会教给他的。

暂时当不上私家侦探,只好先糊口再说。来这里应聘前,他已经干过十几个行当。他发现,保安的工作是最好找的,这也是在他的想象里和侦探最接近的工作,当然现实重重地打了他一巴掌。入职后,他发现他的工作不过是穿着一身保安制服,每天早、中、晚三次在小区里巡逻。

这个小区虽然不是封闭式管理,但因为位置偏僻,入住率低,还没发生过什么治安问题。入职后,他开始穿着一身保安制服在小区里巡逻,很快就发现这个小区入住率低得出奇。蜂鸟社区刚刚开盘的时候,结结实实地在全市各种媒体上做过几轮广告,"烧"进去不少钱。全市人民都知道市郊建好了一处专供高薪年轻白领居住的高档楼盘。

可是,这里的房价定得有些过高,而且配套设施也不够完备,最关键的是进出市区的公共汽车只有一路,车站距离小区足足五公里,而且到了晚上9点就停运了。所以,开盘大半年来,房子只卖出去三成。

有一天,他在小区里巡逻,到了小区里卖得最差的4号楼。

他看到，在楼前的停车场里，竟然一辆车都没有。这栋楼只有不到十分之一的房子卖出去了，原因很简单，这栋楼里的户型，是主打小户型的蜂鸟社区里最大的，房价也是最高的，自然也卖得最差。那天，他忽然想到，保安室里有没卖出的房子的钥匙。他索性拿出一把4号楼公寓的钥匙，把自己的行李铺盖搬了进去。

反正里面是精装修，不用添置任何家具，虽然只能打地铺，但住得也蛮舒服。最关键的是，他一分钱的房租都不用交。

他估计得挺准确，他正式"入住"后，没有任何人发现这件事。

这个周日早上，皮小勇在地铺上一觉醒来，洗漱完了来到保安室。他打完卡，泡了碗方便面，就出门巡逻了。所谓巡逻，不过是在社区里转一转，再到每栋楼内电梯里的本子上写下自己的名字和巡逻时间。

因为入住率低，业主交上来的物业费自然也相当微薄，物业公司也就雇不起太多保安，如今这个小区里，连上皮小勇只有三个保安。皮小勇回到保安室，因为实在无事可做，他正准备回到自己的"公寓"睡个回笼觉，忽然听到办公室的某个角落里传来一阵低沉缓慢的吱吱声。

这种声音对于皮小勇来说是很陌生的。如果不是声音里有一种机械感，他几乎以为办公室里闹起了老鼠。他在办公室里来回转了一圈，都没找到声音的来源。终于，他在墙角的一部机器上发现了一张纸。

他将纸拿了起来,只瞟了一眼,就觉得精神为之一振。毕竟,上面的落款是市公安局。虽然协查通报上没写具体的案情,只是说在寻找关于某辆车的线索,但是,毫无疑问,这辆车肯定和某一起重要案件密切关联。

最关键的是,上面提到的车牌号码,自己有似曾相识之感。而且,这个号码就是自己在本小区中见过的。

这时,他看到自己因为呼吸得过于急促,从嘴里涌出的气流,把薄薄的传真纸吹得抖个不停。他把传真件攥在手里,仰脸朝向天花板,口中念念有词:"我皮小勇终于等到这一天了,我可算是英雄有用武之地了。"

他刚抄起话筒,准备拨通刑警队的电话,又一想,还是先找到这辆车再说。他把纸一折,揣进兜里就出了门,在小区的各个楼前转了起来。

协查通报上说,这辆车是奥迪 A6。住在这个小区的,都是刚刚工作的年轻人,能买得起车的就不多,即使买了,最多也就是捷达、桑塔纳这个档次。所以,一辆奥迪 A6 停进小区,就会格外醒目。很快,他在 7 号公寓楼前的停车场里看到了这辆车。

他拨通协查通报上的刑警队电话,对方听说找到了阮文斌的汽车,马上就说这就派警员过去。挂了电话,他马上跑到小区门口,踮着脚朝远处望去。他心潮澎湃地想着,马上就能见到真正

第六章 诱饵　107

的刑警了。

很快,一辆警车出现在他的视线里,快速朝自己这边驶来。皮小勇觉得自己的心脏越跳越快了。警车开到了面前,一男一女两名刑警下了车。只见男刑警比自己大个两三岁,个子却比自己高了大半个头,双肩宽厚壮实,发型是利落的平头,两道浓浓的剑眉,看着就觉得很威猛。女刑警个子和自己差不多,很清瘦,眉眼间的严肃劲儿,一看就是长期处于纪律森严的环境里。

他们胸口的小牌牌上分别标示着他们的姓名:高峻、孟妍。

他们看到皮小勇手里的协查通报,那个名叫孟妍的女刑警说:"你看到那辆车了?"皮小勇点点头,朝小区里面指了指,说:"就在里面停车场。"

男刑警高峻一指后排座的车门:"上车。"说完,转身回到副驾驶座上。

皮小勇上了车,孟妍驾车开进了小区,高峻微微一回头,问他:"这车是这里住户的吗?"

皮小勇摇摇头,说:"小区里买车的业主不多,我基本上都有印象。这辆车我可从来没见过,肯定是访客开进来的。"说着,他一扬胳膊,指着路边没停几辆车,基本上空荡荡的停车场,说,"你们看,这里平时最多也就这几辆车。"

孟妍按照皮小勇指的方向,开进了7号楼前的停车场。此时,这个停车场里,一共只有三辆车。高峻走到阮文斌的奥迪车旁,先看了看车牌号码,又凑到挡风玻璃前,记下了车辆代码,这才回头对皮小勇说:"这辆车是什么时候停进来的,你有印象吗?"

皮小勇挠挠头,说:"我一般每天会在小区里巡查三次,我记得昨天每次到这里巡查,都能见到这辆车。"

孟妍和高峻围着这辆车转了两圈,高峻还拧亮了强光手电筒,隔着车窗,朝车内各个角落照了一遍,没发现任何异常。

皮小勇一直紧紧盯着两人脸上的表情,他见他们的表情都有些阴冷,说:"你们是想找到开这辆车的人吧?两位,我们这小区,停车位很充裕,所以,既然这辆车停在这里,那开车来的人肯定就在这上面。"

说着,他扬起胳膊,指了指面前的7号公寓楼。

孟妍和高峻抬头一看,这是一栋28层高的高层住宅,而且,从三个可以看到的侧面看去,楼上密密麻麻布满了窗户,可见楼里都是小户型。

孟妍低头压低声音对高峻说:"这里面少说也住了一百多户。"

皮小勇似乎猜到他们的想法,凑过来说:"这栋楼里的户型,都是四五十平方米的一居室,最受年轻人欢迎,是这个小区最好卖的一栋楼。所有业主的电话我们物业那里都有。你们要是想查清楚这辆车车主有没有到过这栋楼里,把电话打一遍就行了。这栋楼28层,每层六户,也就是说,需要打该栋所有业主的电话。"

孟妍和高峻对视了一眼,点了点头。

三人来到物业办公室,每人抱着一部电话,按照物业公司业主登记簿上的电话号码,每人分了五十六个,就挨个儿打了起来。

一百六十八户中,打通了一百三十四户,业主们都表示没有见过阮文斌。另外,还有部分业主的电话没有打通。

这时,太阳已经偏西,三人谁都没顾上吃饭。他们放下手里的登记簿,伸起了懒腰。毕竟,坐在原地一动不动地打上几十个电话,对谁来说都是一桩苦差事。

孟妍捅了捅高峻的胳膊,轻声问他下一步打算怎么办。高峻说,这个时候也正是大批业主回家的时间,正好可以利用这个时机,去那三十四个没打通电话的业主家里了解一下情况。

于是,三人又拿着业主登记簿,一起进了7号楼。这三十四个业主,基本上在二十八个楼层里均匀分布。他们没办法,只好一层层地沿着楼梯向上走。等到三人把28层一一走完,敲遍了三十四个业主的住处,见到的住户都说和那辆车没关系,没有见过有人上车或者下车,也都没见过阮文斌。

只有三套房子里面没人开门。它们分别是7层3号、11层2号、20层5号。根据业主登记簿上的业主个人信息,他们的主人分别名为窦世才、刁素珍、胡杰。

这时,他们已经敲完了28层最后一个没打通手机的业主家房门。业主是个年轻男人,说起为什么他的手机打不通,他不好意思地说,自己的生活习惯一向是晚上彻夜玩游戏,白天关手机睡大觉。

等出了这户人家,三人都累得一动不能动了,等进了电梯,皮小勇一屁股坐在了地板上。电梯到了一楼,他们再也没力气走回保安室,气喘吁吁地休息了十分钟,孟妍这才恢复了一下力气,对高峻说:"咱们下一步怎么办?三户没开门,如果这三户人家和阮文斌没关系,咱们这一下午不白忙了吗?"

还没等高峻回答,皮小勇说:"肯定有关系,这个小区每栋楼都有自己的停车场,这辆车特意停到这里,肯定就是为了到这栋楼里去。"孟妍摆摆手,说:"好,就算你说得有理。"她转向高峻,说:"就剩下三户了,咱们需要破门而入吗?"

高峻摇摇头,说:"如果线索都集中到了一户人家,紧急情况下可以破门而入。现在是三户,要破门而入的话,必须申请搜查证。"

"高警官,如果只剩一户人家,咱们就能直接破门而入,那现在是三户人家都有可能,怎么才能排除另外两户的嫌疑呢?"皮小勇摸着后脑勺,冥思苦想着说。忽然,皮小勇站了起来,说:"我有办法了。"

高峻问他什么办法,皮小勇说:"高警官,孟警官,我的办法现在不能跟你们说,要是跟你们说了,还得让你们跟我一起担责任。这件事儿我来办,只要你们能给我做证,别让我被公司解雇了就行。"说完,没等两名警官回答,他转身就朝电梯方向跑去,一边跑,一边喊着:"高警官,孟警官,你们一个去11层2号门口,一个去20层5号门口。6层那一户,我会自己去。"

高峻和孟妍面面相觑,不知道这个精力旺盛的年轻保安能搞出什么名堂。但他们还是决定按照皮小勇说的那样,到那两户人家门口去等着。

五分钟后,他们各自到了指定楼层。他们站在电梯旁的落地窗前,远远地朝停车场望着。只见皮小勇正手握一块红砖头,大喝一声,朝着那辆奥迪A6的车窗重重砸去。只听哗的一声脆响,驾驶位的车窗全碎了,紧接着,车辆的报警装置尖锐地鸣叫起来。蜂鸟社区里人少车也少,本来很安静,这叫声听起来就格外刺耳。

这时,11层的孟妍隐隐听到另一个方向传来了类似的声音,只是音量小了很多。她发觉,这声音正是从身后的2号公寓传来的。她走到2号公寓的房门口,把耳朵贴到门上,听得更加清晰了,可以确定这声音是从房间里面传出来的。

看来,阮文斌的失踪,一定和这间公寓有关!她赶紧拨通高峻电话告诉他,阮文斌很可能就在这个房间里。高峻让她赶紧联系局里,再多派一些人过来。

在增援抵达前,三人重新聚在11层2号公寓门口。孟妍一仰脸,对刚从楼下跑上来,喘得上气不接下气的皮小勇说:"看不出来,你脑子转得挺快,能想出这么一招来。"

皮小勇又喘了一会儿,才说:"这种高级车都有这种报警功能,只要车子一被破坏,车钥匙就会发出报警声。"

孟妍看了看2号公寓的房门,说:"你反应挺快,可是,过一会儿等我们局里技术科的同事来了,打开了房门,你可不能随便进去。"

皮小勇连连点头,说:"没问题,我知道规矩,不能破坏犯罪现场。"

孟妍扑哧一笑,把脸转过去,不再理他。很快,市公安局技术科的多名警员抵达现场,打开了房门。

就在那一瞬间,虽然皮小勇没有进入现场,但是,他已经闻到一股浓烈的腥味。

第七章　现场

当晚8点,市公安局召开紧急工作会议,去市委党校参加培训的局长、去公安部开会的副局长都回到局里参加这次会议。

在这次会议上,关于阮文斌意外死亡一案,刑警队被局领导要求尽快完成案件定性:究竟是谋杀,还是正当防卫?负责侦办此案的刑警高峻报告了现场情况——

本案现场位于本市蜂鸟社区7号楼11层2号公寓,现场共发现两名死者。其中男性死者名叫阮文斌,35岁,生前任本市海悦商城总经理,已婚,其妻子曾就其失踪报警。阮文斌尸体位于床下,呈侧卧状,身上一共有三处刀伤,均为致命伤。其中身体正面的左右胸口、小腹位置各被刺中一刀,肺部、心脏均被刺穿。

同时,死于房中的另一名女子,身份已经调查清楚,名叫桑丽菁,为本市惠万家超市收银员。蜂鸟社区7号楼11层2号公寓是她在案发一个月前入住的。桑丽菁尸体位于床上,呈仰卧状，全身仅有一处刀伤，位于胸口右侧，此刀伤为致命伤。

经过法医鉴定，两人死亡时间基本相同，都是本月12日晚7点到午夜12点之间。同时，在床中央位置发现匕首一把，经初步检测，匕首上留有两人指纹，分别是本案两名死者所留。

房间为单独开间结构，即仅有一个房间，餐桌上有两只咖啡杯，里面有少量剩余咖啡，餐桌旁的垃圾篓中有两只使用过的速溶咖啡包装。两只咖啡杯上分别有且仅有桑丽菁、阮文斌的指纹。

死者阮文斌，上身衣着完整，下身赤裸，衣物丢弃于床下，指甲中存有少量衣物纤维，经鉴定，这种纤维和桑丽菁衬衣的纤维类型一致。桑丽菁衣着完整，衣领处有撕扯痕迹。

案发现场的门窗无破坏痕迹。

本月13日，也就是昨天上午，110曾经接到阮文斌家人的报警电话，称阮文斌本应于周五晚上返回别墅，但阮文斌整夜未归，家人拨打其电话，手机已关机。家人和阮文斌的同事联系后，对方表示下班后就再也没见过阮文斌。

按照成年人失去联系二十四小时后方予立案的规定，市局于13日晚11点37分正式立案，并陆续向本市各医院、宾馆等处发出协查通报。14日中午，蜂鸟社区物业保安皮小勇称，在该小区发现死者生前驾驶的车辆。后确认死者正位

第七章 现场

于该小区7号楼11层2号公寓内。

经向死者家属和同事询问,死者阮文斌生前没有和死者桑丽菁有过任何交集。

另外,该公寓业主名叫刁素珍,今天中午乘坐飞机从泰国曼谷返回北京,在一小时前,我们已经和刁素珍取得联系。她称该公寓于一个月前租出。当时她在城内多个地点张贴了小广告,一名自称桑丽菁的女子和她联系,要租下她的公寓。后来,该女子给她的账号上直接汇款一万八千元,这也是该公寓一年的租金。刁素珍就按照指定地点将钥匙寄去。也就是说,刁素珍始终没和租客见面。

局长听完高峻的汇报,说:"你们现在判断这起案件是什么性质?"

高峻说:"从现场情况看,可以初步判断是阮文斌意图侵犯桑丽菁,桑丽菁在防卫过程中杀死了阮文斌,自己也身受重伤,最终伤重而死。但是,本案还有一些疑点需要查明,比如阮文斌是如何出现在桑丽菁的公寓中的?桑丽菁月收入只有一千多元,为何会用一万五千元来租一套距离自己上班地点非常远的公寓?"

局长说:"除了你说的这两条,案发现场还有什么可疑之处吗?"

高峻说:"有,就是那把匕首。根据现场的情况,看不出匕首是属于谁的,是阮文斌随身携带,用来要挟桑丽菁的,还是桑丽菁用来防身的,这一点需要进一步调查。

"从目前掌握的情况看,案发过程应当是,阮文斌和桑丽菁一起回到这间公寓,两人各喝了一杯咖啡后,阮文斌意图侵犯桑丽菁,桑丽菁在反抗过程中,对阮文斌连刺了三刀,阮文斌在临死前夺过匕首,刺中了桑丽菁。桑丽菁将匕首从伤口拔出后,也很快死亡。这样来看的话,桑丽菁对阮文斌进行了激烈反抗,但是,两人又是正常进入桑丽菁公寓的,两人究竟是什么关系,还需要查清楚。"

局长皱着眉,一言不发地看着面前那份关于该案情况的报告,整个会议室里鸦雀无声。很快,局长抬起头,说:"这起案件的死者之一阮文斌,是本市知名人物,所以,市民们一定会对这起案件格外关注。现在新闻界已经介入案件,刚才本市的晚间新闻里就有了关于此案的报道。随着时间的推移,一定会有更多新闻媒体包括网站关注这起案件。这就要求我们尽快破案。"

案件分析会结束后已经是深夜了,大部分警员都下班了,高峻和孟妍仍然留在刑警队办公室里,一遍遍地观看现场照片。每一张照片,都能让他们回想起现场那股浓烈的血腥味。

当时,整张床上溅满了血,血甚至渗透过床垫,一直流到床板上。而死在地上的阮文斌,他的血几乎淌满了整个房间。

但是,他扔在一旁的裤子上却没有丝毫血迹,这也就意味着,他是在脱下裤子后才被捅死的。这也是高峻断定此案为他意图

第七章 现场 117

强奸桑丽菁,结果被桑丽菁在防卫中杀死的最重要的依据。

高峻翻看了几遍照片,说:"从案件的所有细节来看,完全符合桑丽菁反抗杀人的特征。但是,两人究竟是在何种状态下进入这间公寓的呢?"

孟妍说:"从那两杯咖啡来看,刚刚进入房间时他们的状态还蛮好。而且,蜂鸟社区和阮文斌所在的别墅区都是城区的同一个方向,很可能是桑丽菁下班后,在没有公交车的情况下,搭阮文斌的车回家,然后邀请阮文斌到公寓里喝杯咖啡,阮文斌误会了,以为桑丽菁对他有意思,就强行非礼,结果被桑丽菁正当防卫,给捅死了。"

"你说的的确是可能性最大的一种情况。但是,这解释不了为什么现场会有这把匕首。从桑丽菁的角度看,这间公寓是单身女孩的住处,她就算要准备防身武器,也只会选择水果刀之类的。这把匕首是管制刀具,她一个女孩子,估计连去哪儿买都不知道。如果说这把匕首是阮文斌的,似乎也不太合理。毕竟他随同桑丽菁返回对方公寓,就算他意图和桑丽菁发生性关系,也寄希望于对方心甘情愿,应该不会随身携带匕首。"

孟妍说:"是啊,难道现场还有第三个人?"

"你们的分析,都有道理。"

一声低沉的男中音之后,老刑警阎钊推门走了进来。他手里还拎着一个不锈钢的保温餐盒。

两人一起说:"阎叔,您还没休息?"

阎钊把餐盒打开,一股肉香顿时扑鼻而来。他打开抽屉,拿出两双一次性筷子递给高峻和孟妍,说:"开完案情分析会,我回到家,都吃完饭准备睡了,又觉得你们俩肯定还在局里,就来看看你们。我刚炸好的藕夹,羊肉白菜馅儿的,还烫着,快点吃吧。"

高峻他们赶紧道谢,孟妍还没撕开筷子的塑料套,高峻已经迫不及待地伸手捏起一只藕夹伸到面前,张大嘴去咬。他被烫得嘴里嘶嘶作响,含含糊糊地说着:"您的手艺太棒了,真香!"

孟妍也掰开筷子,飞快地夹起一只,虽然她是小口咬的,但也是赞叹不停。

阎钊找了把椅子坐下,点燃一支香烟,吸了一口才说:"比你们爱吃的那什么炸薯条、汉堡包之类的强多了吧。"

"那是那是,那些洋快餐,跟您这手艺没法儿比。"两人鼓着腮帮子,边吃边回应着。两人毕竟早饭后不久就去蜂鸟社区了,到这会儿已经一整天没吃饭了。

阎钊不出声地抽着烟,等他们每人都是三只藕夹下肚,这才说:"你们今天遇到的这个案子,挺不一般。"

高峻他们正用纸巾擦嘴,一听这话不由得对视了一眼。高峻说:"阎叔,您觉得关于这案子,我在晚上的分析会上给局长说的那些靠谱吗?"

阎钊把桌子上的一只烟灰缸拽到自己面前,把烟蒂摁灭在里面,说:"你们刚说的匕首,我都听到了,你们说的都有道理。凶器到底是谁的?到底是怎么到犯罪现场的?必须查清楚。还有那个女死者,为何要租这么个超出她经济能力的房子,也要弄明白。可关于现场,还有一种情况,也不能漏了。"

高峻他们再次对视,眼神里有些不安,都在琢磨自己到底是哪里疏忽了。

阎钊一看他们的神情,赶紧摆摆手,说:"我不是说你们有什么地方疏忽了,我是提醒你们,有一种情况可以解释你们觉得难以解释的地方。"

高峻说:"您说说,还有什么可能?"

"就是当时公寓里还有另外一个人!"

"可是,现场我们都仔仔细细地勘查过了,无论指纹还是脚印,都没有第三个人留下的痕迹。"

阎钊从上衣口袋里拿出烟盒,又在桌上敲出了一根香烟,摸出打火机,正要打着火,孟妍的手机响了,那是收到短信的声音。

孟妍打开短信,看了一眼就扑哧笑了,把手机屏幕亮给阎钊说:"阎叔,是我婶发来的,让我跟您说,别一聊起案子就没完没了地抽烟!"

阎钊略显尴尬地笑了,摇摇头,把烟卷放回烟盒。他的思绪也随之回到案子上,继续说:"现场没有第三个人的痕迹,说明这有可能是两种情况。第一种情况是在你们到来之前,的确没有第三个人进入现场;第二种情况就是还有人到过现场,但这人处理过现场,清除了一切自己留下的痕迹。但是,世界上没有绝对的事物,如果真有人打扫过现场,那么他不可能把所有的痕迹都清除掉。"

高峻点点头,说:"阎叔,我知道您的意思了。明天我再去一趟现场,如果真有第三个人到过现场,我无论如何都要找到他留下的痕迹。"

第二天,高峻和孟妍又回到蜂鸟社区7号楼11层2号公寓,两人把整套公寓的每一个角落都用放大镜仔仔细细查看了一遍。而且,两人的勘查是交叉进行的,高峻先检查卫生间和厨房,孟妍查客厅,然后再交换一下,孟妍检查卫生间和厨房,高峻检查客厅。

可是,两人从早上一直查到午饭时分,都是一无所获。查到最后,两人都已经精疲力竭。孟妍长长地叹口气,站起来倚靠在墙上说:"什么都找不到。看来,那个神秘的第三个人压根儿不存在。"

高峻坐在沙发上,慢慢摘下一次性手套,说:"或许的确是咱们想得太多了。那把匕首,说不定的确因为某个我们不知道的原因早就在这里了,阮文斌只是顺手拿过来威胁桑丽菁。"

孟妍正要说点儿什么,忽然看到门外的隔离带外似乎有个人影匆匆一闪。她当即大喝一声:"谁在外面?"

等了几秒钟,那个名叫皮小勇的保安,脸色通红地出现在门口。他大半个身子还被门框挡着,努力做出一副笑脸,说:"两位,你们又来勘查现场了,是不是发现什么特别有价值的证

第七章 现场

据了?"

孟妍说:"我们有没有找到证据你不用管,反正你不能踏进这里半步。"

皮小勇连忙点头,说:"那我不打扰二位了,我去上班了。"

高峻和孟妍都没理他。他走出几步,突然一拍脑门,像是想到了什么非常重要的事情。他扭头对高峻他们说:"这个案子,是不是就要按照正当防卫处理了?"

高峻说:"案子如何定性,你不用管。"

皮小勇只好怏怏地离开了,带着满脑子一团乱麻似的念头。

其实,对于皮小勇来说,那天警方技术科的警员破开房门后,他虽然没有亲眼看到两具尸体,但毕竟通过呛人的味道,知道里面一定出了大事,关乎人命的大事儿。

他正要过去看个究竟,高峻和孟妍就已经快步走出了房间,不但让他远离房间,还让他到电梯口设置一道警戒线,禁止除了警察之外的任何人靠近。

他万般无奈,也只能答应他们。很快,又是一批警员抵达。这批警员携带着大大小小好多手提箱,拥入了那间公寓。

他知道,这些手提箱里一定装满了各种各样的仪器,都是用来勘查现场的。比如,里面肯定有用来提取指纹、脚印的仪器,有利用紫外线检测血迹的仪器,在这种仪器的照射下,哪怕血迹已经被罪犯擦洗过,也会被查到。

最令他震惊的是,有两副担架被抬了进去。"难道里面有两具尸体?"他心想。

果然,过了两个多小时,真的有两具尸体被抬了出来。尽管担架上的尸体都蒙着白布,但还是看得出来,死者是一男一女。

"难道阮文斌真的死在了这个房间?"想到这个问题,皮小勇有一种难以置信的感觉。就在来这里应聘前,他还去海悦商城应聘过。

那天,他在海悦商城的会议室里,他对面是三把椅子,中间那把椅子上坐着的是海悦商城的一个副总经理,旁边还有保安部经理和人事部经理。

当时,那个在他面前趾高气扬的保安部经理,在面对副总时却是一副小心翼翼的样子,始终赔着笑脸。而那个副总却不把这个保安部经理放在眼里,始终不怎么搭理他。毕竟,在任何一个企业里,保安部都是一个算不上多么重要的部门。

面试过程中,副总接到一个电话,他马上变得唯唯诺诺,嘴里不停地说着:"阮总,好的,您放心。阮总,我明白了。"

他知道,电话的另一头,一定是海悦商城的大老板阮文斌。

他望着那个看起来抬着男性死者的担架,心里涌出一种极其复杂的感觉,他甚至感慨起人生来。

皮小勇又足足等了两个小时,高峻和孟妍,当然还有后来进去的那一大批警员,都没有出来。在这中间,高峻有一次走出房间,给公安局领导打电话汇报案发现场的情况。高峻看到皮小勇还老老实实站在电梯门口,就告诉他,现场勘查还要继续一段时间,不仅仅是今天,在本案正式结案前,都不能让任何与案件无关的人进入公寓。即使住在本层的业主,也不能接近这个房间。

皮小勇非常坚决地点点头,他为了保证不让任何与案件无关的人进入这栋楼,索性到楼下看着楼门口。

不久,有一个记者团队来了。这个团队包括一名女出镜记者、一名摄像师。两人不知如何得到蜂鸟社区发现两具尸体陈尸房中的消息,火速赶到了现场。皮小勇告诉他们,警方已经在案发现场门口布置了隔离带,除非经过警方允许,否则任何人都不能入内。

那名女出镜记者是本市电视台新闻频道的"名记",以擅长进行高难度的采访而闻名。面对皮小勇的阻拦,她倒不觉得意外,先是瞄了一眼皮小勇的胸卡,知道了他的姓名,然后微微一笑,从包里拿出一张请柬,说:"我们不到犯罪现场去,就到门口补一下空镜头。皮总啊,这是我们台春节时联欢晚会的请柬,很快就要开始录制了,到时请你去观摩一下。说实在的,我们台里的春晚,演员阵容虽然比不上中央电视台的春节联欢晚会,但明星倒是也请了不少。"她说出了几个明星大腕的名字,有大陆的,也有香港和台湾地区的。

说起来皮小勇也的确是个追星族,可他一向对各种流量明星不感兴趣。他平时最爱看各种悬疑推理电影,所以,他只对演过这类电影的影星比较崇拜,比如演过《谍影重重》的马特·达蒙,演过《达·芬奇密码》的汤姆·汉克斯等人。

所以,面对这位女记者在自己面前晃来晃去的请柬,他摇摇头,说:"如果现场被人破坏了,有可能导致警方无法破案,而让罪犯逍遥法外,死者却无处申冤。小区里发生命案,我这个保安本来就够失职的,到那时就更没脸见人。"

那个女出镜记者一看皮小勇说得义正词严,都有些不好意思了。当她忙于对皮小勇做工作的时候,她的搭档,那位摄像师一直在看手机上的新闻。忽然,他发现了一条关于此案的新闻,捅了女记者一下,低声说:"关于这个案子,网上已经有了消息,说向警方提供案件线索的就是这个皮小勇。"

女主持人一听这话,精神马上为之一振,手中的话筒径直伸向了皮小勇。摄像师会意,只听啪啪两声脆响,他高举的两盏聚光灯都亮了。

"皮先生,请向观众朋友们介绍一下蜂鸟社区7号楼的情况。"女记者笑吟吟地说。

皮小勇被聚光灯的强光照得睁不开眼,脑子也有点蒙了。他知道不该对外透露任何和案情有关的事情,但现在对方也没有直接问案情,只是在问这间公寓的情况,自己作为蜂鸟社区的保安,如果对这房子完全不了解,好像也不太对劲。

想到这里,他伸出手放在额头,象征性地挡着光线,含含糊糊地说:"唔,这栋楼是这个小区卖得最好的,现在房子已经卖了一大半了。"

第七章 现场

女记者没等他说完,又问:"房子的业主是不是在国外还没回来?"

皮小勇说:"业主的个人情况,我们不便对外透露。"

女记者又说:"皮先生,你能给观众们指一下1102号公寓的位置吗?"

这个要求似乎也不过分。皮小勇稍微犹豫一下,朝着那套房子的位置指了一下。

当天晚上,皮小勇接受采访的镜头就出现在本市电视台的新闻里。在电视里,整个采访的效果和皮小勇想象的完全相反。关于皮小勇的这部分内容里,最先出现的是他正站在楼前,指向11层犯罪现场的位置,接下来才是其他内容。任何人看到这里,都会觉得皮小勇在非常积极地向媒体介绍情况。紧接着,是皮小勇对着镜头说:"这间公寓是整个社区里最适合单身年轻人的,家电都是德国名牌。"

与此同时,电视屏幕上出现了一串字体非常夸张的特效文字,"适合单身白领""家电都是德国名牌"。这显然是在暗示,死者是一名很富有、很讲究享受的年轻人。最后出现的,则是从各个角度拍摄的那套公寓的外部结构。除了从楼下仰拍,摄像师还跑到对面楼上,拍了一大堆那套公寓内部的照片。看完新闻,皮小勇的第一感觉不是气愤,而是有些恐惧。这是他第一次知道,原本中规中矩、平平淡淡的内容,经过一番剪辑,竟然变得面目全非!

新闻刚一播完,他的手机就响了,是他的顶头上司——物业公司马副总经理打来的电话。马副总的语气简直怒不可遏,他责问皮小勇为什么这么积极主动地给媒体介绍本来应该完全保密的案情。他赶紧把接受采访的来龙去脉跟马副总叙述一番,马副总这才相信他不是故意出风头,但火气并没有消退多少,仍然告诉他,以后绝对不能再接受媒体采访了,否则一定炒他的鱿鱼。

接下来的几天,皮小勇一直到处搜罗关于这起案件的报道。他这才知道,原来本市赫赫有名的海悦商城总经理阮文斌之所以死在1102号公寓,是因为他竟然要强奸这里的女住户。至于那个名叫桑丽菁的女住户,他实在没什么印象了。毕竟,住在蜂鸟社区的年轻漂亮的女孩子实在是不少。

这天晚上,他在自己那套房子里看完了电视里的《警情通报》,里面一个字都没提对这起案子的定性,只是把自己早就知道的案情说了一下。他走到窗前,俯视着这个蜂鸟社区。因为担心被别人注意到,他很少开灯,这样才能保证房间里一片漆黑。就连刚才看电视,他也是因为惦记着案情才看的,而且还把音量调得极小。平时他几乎不打开电视机。

此时,这个社区的灯火还是一副温暾暾的样子,完全不像城区里的住宅小区,每到夜晚,总会有千家万户的灯光,从窗子里映射出来。而在这里,因为房子卖得差,只有零零散散的窗里有灯

第七章 现场

光。有的二十几层高的楼,甚至只有几户人家亮着灯。皮小勇心想,大概就是因为社区里住的人少,所以命案发生的那天晚上,没人听到那个房间里有奇怪的声音,也没人看到有可疑的人进出7号楼。

到底这个案子是不是看上去的正当防卫这么简单呢?皮小勇苦苦琢磨着。

阮文斌是谢思慧杀掉的第三个仇人,到了这个时候,她已经很有经验了。就在杀掉阮文斌的第三天晚上,她再一次在《警情通报》栏目播出时坐在了电视机前。

她没有失望,她这次终于看到了关于阮文斌和桑丽菁之死的案件报道。这个栏目里,那个颇为漂亮的女警官主持人说,本市的蜂鸟社区发生了一起室内命案,在案发现场发现了两具尸体,死者的身份分别是本市海悦商城总经理阮文斌和超市收银员桑丽菁,并呼吁市民如果了解这起案件的线索,请尽快提供给警方。

这个栏目里,始终没提到警方对这个案件的定性。也就是说,警方还没有像谢思慧所期待的那样,把案件定为自卫杀人。

《警情通报》结束了,谢思慧关掉了电视。这时,谢俊国和曹春枝也已经去睡觉了,整个别墅里除了谢俊国夫妇此起彼伏的鼾声,再也没有其他声音。谢思慧从沙发上拿起了一只抱枕,在落地窗前,慢慢坐了下来。她当然不知道,在城市的另一端,在蜂鸟社区,同样是在窗前,有一个普普通通的保安正在对这起案件的性质冥思苦想。

谢思慧当然也在思索,只不过她翻来覆去琢磨的,是自己究竟有没有给警方留下线索。毕竟,周五晚上在1102号公寓发生的一切,彻底偏离了她的计划。

这计划,她本来以为是万无一失的。

那天晚上,在桑丽菁离开她的车之后,她马上以最快的速度赶到蜂鸟社区,用桑丽菁给她的钥匙进了1102号公寓,站在窗前的窗帘后面,紧紧盯着停车场。这间公寓,当然是她为桑丽菁事先租下的。她在看到阮文斌的车开进小区,在7号楼前面的停车场里停下后,就躲进了大衣柜。她知道,从时间上来看,阮文斌和桑丽菁很快就会上来。

在一片漆黑中,她一直在看手机上的时间。大概十分钟之后,她终于听到有人用钥匙打开了房门,接着又是一阵脚步声,有人进了公寓。

"谢谢你送我回来,请坐。"她先是听到桑丽菁的声音。

接着,是一个男人的声音:"哦,没什么,反正今天我也没别的事。"

谢思慧觉得自己全身一阵颤抖,呼吸也急促了很多。她知道,这又是一个曾经残酷伤害过自己的男人,一个自己十五年前就已经下定决心必须杀掉的男人。

在她讲述给桑丽菁听的故事里,自己是被阮文斌抛弃的情人,眼下是想拍下一张阮文斌和其他女人在一起的照片来要挟他。桑丽菁需要做的,是引诱阮文斌,然后由自己突然出现,拍下可以作为把柄的照片。

然后,自己就会把已经吓得屁滚尿流的阮文斌放回家,而最后一步,就是两人一起分享阮文斌送来的大笔封口费。

桑丽菁对这个计划非常满意,她觉得自己不需要冒任何风险,就能够轻轻松松地分到一大笔钱。谢思慧曾经向她承诺过,这笔钱是在早就答应她的三项条件——手机、三万元现金和蜂鸟社区的一年房租之外的,足够她盘下三家她当收银员的那种小型超市。她这辈子都不用辛辛苦苦地打工了。

实际上,谢思慧真正的打算是,当阮文斌扑向桑丽菁时,自己手握匕首,从大衣柜里跳出来,然后捅死他。这时,她再恐吓桑丽菁,让桑丽菁在面对警方时,说是阮文斌要强奸自己,自己完全出于正当防卫,才杀死了他。

在桑丽菁对警方的陈述中,谢思慧是完全不存在的,所以,自己没有任何风险。这个计划她已经足足筹备了大半年,她觉得这个计划的所有细节都是天衣无缝的。

谢思慧在衣柜里听到,两人都进入公寓后,似乎一直都没坐下来。阮文斌站在房间当中,环顾了一下四周,语气似乎有些局促地说:"你如果头不那么晕了,我就走了。"桑丽菁微笑着说:"我这低血糖和贫血的毛病,一旦犯起来,可得好一会儿才能好。你能再陪我一会儿吗?"

说着,她把自己的外衣脱了下来,把身体的曲线更充分地呈现出来。阮文斌犹豫了几秒钟,也把自己的皮大衣脱了。他一看房间里没有衣架,就走到衣柜前,准备把大衣挂进去。

谢思慧通过衣柜门的缝隙,看到阮文斌已经走到自己面前,正要伸手打开柜门。她只好握紧匕首,准备在他拉开柜门的那一刹那,把匕首捅进他的心脏。

就在这时,桑丽菁也猜出谢思慧藏在大衣柜里。她赶紧朝阮文斌喊了一声:"喝一杯咖啡吧!"她没等阮文斌回答,微笑着走了过来,从他手里接过大衣,只将衣柜拉开一道窄窄的缝隙,把大衣挂了进去。

接着,桑丽菁冲了两杯速溶咖啡,递给阮文斌一杯,语气略带嗔怪地说:"噢,你这样的大老板,喝惯了手磨咖啡,肯定看不上这种速溶咖啡了。"说着,她白了一眼阮文斌,把自己的咖啡喝完了。阮文斌没说话,三两口把杯里的咖啡喝光了。

桑丽菁一阵得意,她慢慢坐在床边,双手撑着床,把两只裹在紧身毛衣里的乳房故意向上一挺,眼神魅惑地盯着阮文斌。谢思慧也看到了她的眼神,心想,这个年轻女孩这一套真熟练,这眼神这姿势,完全就是邀请,阮文斌这样的强奸犯,不上钩才怪了。但是,谢思慧和桑丽菁都没想到的是,阮文斌竟然说:"咖啡喝完了,看起来你也不会有什么事了,我该走了。"

桑丽菁赶紧说:"就用一杯咖啡谢你,我可没这么小气。"说着,她走过来贴着阮文斌,手绕住了他的腰。

第七章 现场　131

阮文斌接连向后退了几步,直退到床边,一步都不能再退了,才说:"对不起,我真的要走了。"桑丽菁的眼神更加火辣,她伸出手指,用红彤彤的指甲尖沿着阮文斌的鬓角慢慢滑动着,幽幽地说:"你猜,我会怎么谢你?"

谢思慧把匕首攥得更紧了,只等阮文斌再有下一步的动作就动手。可万万想不到的是,在这个紧急关头,阮文斌装在大衣口袋里的手机忽然响了起来!

阮文斌从桑丽菁身边绕过,猛地拉开了衣柜门。手举匕首的谢思慧出现在他面前。他整个人惊愕地待在原地,谢思慧知道留给自己的时间只有几秒钟,她一咬牙,把匕首捅进了阮文斌的胸口。

阮文斌一声不吭就仰面倒了下去,嘴里呼哧呼哧喘着粗气,鲜血也从刀口喷涌了出来。谢思慧不知道这一刀能否杀了他,狠狠一咬牙,又连刺了两刀。桑丽菁吓坏了,她瞪大眼睛看着奄奄一息的阮文斌,张大嘴一句话也说不出来。谢思慧定了定神,她从身上抽出纸巾,擦掉了匕首刀柄上自己的指纹,然后把匕首递给桑丽菁,低声说:"拿着!"

桑丽菁的脑子已经是一片空白,她浑身哆嗦着,战战兢兢地接过了匕首。谢思慧满意地点点头。桑丽菁忽然明白了什么,说:"你为什么把这个给我?是你杀了人,不是我!"说着,她把匕首随手一放,站起身来,猛地冲向门口。她的手机,正放在门口的鞋柜上。她嘴里说:"我没杀人,他还没死,我要叫救护车!"

在谢思慧原来的计划里,是要让桑丽菁活着的,因为要由她在警察面前讲述自己如何出于正当防卫,杀死了阮文斌。但是,谢思慧知道,对于现在的情况,让桑丽菁和阮文斌一起死去,才是最保险的办法。毕竟,死人是不会说话的,不会在警察面前说漏嘴,更不会供出自己。

　　但是,桑丽菁毕竟是无辜的,谢思慧还没有想过,要让一个无辜的人死在自己手里。眼前的形势已经超过了自己的计划,谢思慧知道,如果让桑丽菁真的拨通急救电话,自己的整个复仇计划一定就暴露了。她毫不迟疑地伸手抱住桑丽菁,扑通一声,桑丽菁被她拽倒在床上。她还要挣扎着爬起来,谢思慧一咬牙,又挥起匕首,刺死了桑丽菁。

　　房间里安静了下来,阮文斌和桑丽菁都变成了沉默的尸体。谢思慧命令自己冷静下来,仔细观察着房间里的一切。她想了一会儿,脑子里已经出现了一个新的计划。

　　她先是脱下阮文斌的鞋和裤子,扔在一旁。幸好,阮文斌是仰面倒下的,血还没有流到裤子上。她又小心翼翼地把匕首从桑丽菁手里拿出来,用阮文斌的手握住匕首几秒钟,又将匕首拿出来,远远地扔开。

　　接下来,就是她的新计划里,难度最大的那部分了。她本想把阮文斌的尸体拖到床上,再用阮文斌的双手去撕扯桑丽菁的衣服,结果发现,阮文斌的血已经流得满地都是。自己身上虽然有些血迹,但毕竟不多,如果去抱住他的尸体,一定弄得浑身是血,过一会儿下楼时肯定会被人注意到。

她又想了想,把桑丽菁的毛衣和贴身衬衫慢慢脱下,又握着阮文斌的手,撕扯了几下衬衫衣领,这才又把衬衫穿回桑丽菁身上。

这时,她才确信,这个命案现场已经非常完美了。任何人来到这里,只需要看上一眼,就会认定是正当防卫。

接下来,她从自己的包里拿出桑丽菁的旧手机,把桑丽菁新手机里的 SIM 卡取出来后再装进去,然后把这部自己送给桑丽菁的手机放回包里,把她的旧手机放在床头,以最快的速度擦掉这部手机上和房间内各处自己的指纹,关门,下楼,走到停车场,驾驶着自己的车离开了。

虽然没有在《警情通报》里看到警方将案件定性为正当防卫,但谢思慧并没有特别担心。她相信自己精心布置的案发现场没有任何可疑之处,更没有留下任何指向自己的线索。

她心里唯一的困扰来自桑丽菁的死。她在设计这个针对阮文斌的复仇计划时,的确没有打算让其他人付出生命。但是,桑丽菁,一个年纪轻轻的女孩子,真的死掉了,而且,她还是死在自己手里。

是的,桑丽菁贪慕虚荣,而且文化程度不高,她即使活下去,也很难会对社会做出太大的贡献。但是,她终究有活下去的权利。一想到桑丽菁看着那把匕首插入她的胸口,惊愕万分地望着自己时的神情,谢思慧的心脏就会一阵抽搐。

她唯一的办法就是告诉自己,桑丽菁的生命,是完成这个复仇计划必须付出的代价。如果当时不杀了她,自己就会落到警方手里,整个复仇计划也就功亏一篑。

如果自己不能完成复仇,那么这个人还会把黑手伸向别人,还有更多的女人将被他侮辱。谢思慧在心里这样一遍遍告诉自己。

为了保护更多的女人,她必须杀掉桑丽菁。

第八章　迷宫

看了一会儿月光下的小区,皮小勇想了想,穿好衣服,骑着自行车出了蜂鸟社区。

从新闻里,他已经知道,桑丽菁自从在一个月前住进了这个小区后,每天的上下班路线是早上骑着自行车离开小区,去五公里外的公交车站,乘坐第一班公交车去城里上班,结束了一天的收银员工作后,再赶末班车返回那个车站,骑上自行车回到住处。

但是,在两天前,她的自行车不知道是被盗了还是出了什么问题,她没法骑车了。她心疼昂贵的打车费用,就在小区外的岔路口蹭了一辆顺风车。

就是这一次,让她丢了性命。

皮小勇在住进蜂鸟社区那个卖不出去的房子前,也需要骑自行车来到那个公交车站。每天早上这个时间,这里已经停了不少自行车,还不断有年轻人骑着自行车从蜂鸟社区的方向赶到这里。

等公交车的年轻人里,有的是单独一个人,耳朵里塞着耳机,衣着时尚,满脸洋溢着青春朝气,有的还跟着音乐的节奏轻轻晃动着身体。

有的则是一对情侣或者小夫妻,他们牵着手,轻声说着什么,满脸甜蜜的笑容。

无论哪种,他们都有着可供憧憬的未来。而这一切,都和桑丽菁无关了。桑丽菁本来也有着一样的青春,但现在,她已经是一具躺在殡仪馆里的冰冷尸体。等到案件结束,她连尸体都不再存在了,将变成一缕青烟。那个不到一尺宽的骨灰盒,就是她在这个世界上存在过的全部痕迹。

皮小勇心想,如果自己没有在4号楼找到住处,如果桑丽菁更早一些住进蜂鸟社区,那么,其实每天早上,自己和桑丽菁都有可能在这里遇到。忽然,皮小勇想到,按照桑丽菁生前的活动轨迹,她的自行车应该还在那个公交车站。

深夜的月光下,皮小勇面前的公路空无一人。终于,他到达了那个公交车站。这个时间不像白天,车站四周只有零零散散的三十多辆自行车。站牌上,贴满了各种各样的小广告:有搬家的,有向外租房子的,有求租房子的,有各种学习班招生的,还有一些字眼暧昧的招聘男女公关的。

他停好自己的自行车,围着车站周围的自行车,一辆辆看了起来。这些自行车,有的已经布满灰尘,车座、车把、横梁等地方还落着不少鸟屎,这些肯定不会是桑丽菁的那辆车。还有一些,车子各处都很干净,各种款式都有,有的车车胎粗壮,车身低矮,显然是男款的山地车,自然也不会是桑丽菁的车。

除了丢弃已久的男款车,女款车还有十多辆。皮小勇一辆辆地查看着,可始终没有看出什么结果。

如今是隆冬时节,室外温度已经到了零下十摄氏度,寒风凛冽,路面被冻得硬邦邦的。这天,孟妍结束了电视台《警情通报》栏目的现场直播便往刑警队赶。她出了电视台温暖如春的演播室,顶着寒风到停车场找到了自己的车,此时,车里冷得如同冰窖,方向盘握起来更像是攥着根冰棍一般。

这辆老旧的"普桑",不但空调早就不起作用,就连发动机在低温中都难以启动。她试了十多次才打着火,然后浑身哆嗦着驾车返回刑警队。幸好公安局和电视台相距不远,她没用几分钟就回到了公安局。刚一回到公安局刑警队办公室,高峻就冲好一杯热气腾腾的奶茶,递给了她。

她接过奶茶,顾不上喝,先是捧在手里取暖。她在自己的椅子里坐了好一会儿才缓过劲儿来,四肢没那么僵硬了,这才一仰脸,对高峻说:"案子有什么新发现吗?"高峻摇摇头,说:"没有任何新线索。我刚给你发短信了,让你在电视台做完节目就回家吧,再来局里也没事儿可做。我看你始终没回,估计你还会回来,就赶紧把奶茶给你准备好。"孟妍白了他一眼,说:"我这手冻得跟冰棍儿似的,哪还能看手机发短信。"

两人正聊着案情，门吱呀一响，老刑警阎钊披着一件警用大衣走了进来。他这件大衣是十多年前的款式了，每到冬天，他基本上天天穿，觉得比新款的大衣更保暖。他两手各端着一个大号的饭碗，里面正冒着热气，而香气也早已飘散开了。

"知道你们还在这儿，我去食堂给你们下了汤面，赶紧趁热吃了吧。"

阎钊把面碗放下，又递给他们每人一双一次性竹筷。高峻和孟妍连声道谢，他们当即大口吃起面来，连吞带咽的声音此起彼伏。阎钊点了一根烟，默不作声地看着他们。

两人吃完面，阎钊这才说："关于蜂鸟社区的这起案子，你们有没有想过，阮文斌为什么会出现在桑丽菁的家中？"

高峻和孟妍对视了一眼，他们的眼神仿佛在说，这个问题不是早就查清楚了吗？是桑丽菁搭乘阮文斌的车回家，然后邀请阮文斌来家中小坐的。

阎钊一看他们的神情，就知道他们的想法，说："我想知道的是，桑丽菁就算需要搭乘别人的车回家，但她邀请阮文斌进入自己公寓的原因是什么？"

孟妍说："大概她见到阮文斌很有钱，想多和他套套近乎。想不到阮文斌根本就是个色狼，进了她的家门后，根本不想和她谈情说爱，就是想和她上床。桑丽菁对此不能接受，就酿成了这场血案。"

阎钊摇摇头，说："要还原昨天晚上的情况，就必须从桑丽菁

第八章 迷宫

开始搭车开始。找到桑丽菁的自行车了吗?"

高峻和孟妍都有些不好意思,说:"还没有。"

"是还没找吧?"

两人更不好意思了,点点头。高峻说:"我们有她的车钥匙,这就去找她的自行车,运回来好好研究一下。"说着,他和孟妍穿上外套,朝外面走去。

他们先去证据室取了当初从桑丽菁身上找到的自行车钥匙,就开着那辆普桑,到了蜂鸟社区外的那处公交车站。已经是深夜了,这里本来就是郊外,这会儿道路上一辆汽车都没有。

两人搓着手、跺着脚下了车,拿着车钥匙,在车站四周停着的女式车里,一辆车一辆车地试着。孟妍今晚冻得不轻,不停地打喷嚏。高峻让她到车里休息,她死活不肯,坚持要留下。终于,一辆崭新的女式车的车锁被打开了。当高峻拧动钥匙,听到锁舌啪的一声缩回时,他兴奋得猛拍大腿。这是一辆很普通的女款自行车,品牌、样式都很常见。孟妍骑上试了试,结果没有感到这车有任何问题。

轮胎、刹车、车把、脚蹬都没问题。

高峻看了一会儿,说:"先把这车弄回去。"他打开汽车后备厢盖子,两人把这辆自行车塞了进去。

深夜时分,道路极为畅通,两人连去带回只花了一个小时。警局技术部门有二十四小时值班的警员。高峻他们一回到警局,技术科当即对这辆车开始全面检测。

此时,高峻和孟妍已经冻得说不出话来。他们回到办公室,马上扑向各自座位旁的暖气片,把暖气片搂在怀里。阎钊一直等着他们,看他们冻成这样,微微一笑,说:"等缓过劲儿来,吃碗面暖暖身子,就回家休息吧。"

高峻他们回过头,就看到各自办公桌上放着一大碗热汤面,每个碗里,还趴着一颗白白胖胖的荷包蛋。

此时,皮小勇早已回到了自己的住处。他是一路骑着自行车往返的,虽然体格不错,但也已经冻得哆嗦个不停。他赶紧去厨房给自己煮了方便面,本想再加一只荷包蛋,可上次买的鸡蛋、火腿肠之类早就吃光了,只好端着一碗素面,坐到了窗前。

这里对他来说毕竟只是一个临时的住处,一切都很简陋。他没有冰箱,没有洗衣机,电视机也是别的业主丢掉后被他捡回来的。

忽然,他明白了自己为什么这么关心这个案子。因为自己和桑丽菁的处境何其相似啊。

在这个城市里,桑丽菁没有属于自己的房子,他也是。

桑丽菁做着一份没什么技术含量,随时可能失业的工作,他也是。

桑丽菁远离家乡,孤身一人,在这座城市里生活,他也是。

桑丽菁死去了,无声无息,她的人生好像一阵风,在城市里穿梭过一阵后就消失不见了。她的家人都是世世代代住在山区的

第八章 迷宫

农民,至今还没赶到这里为她料理后事,自己如果遇到和她一样的意外,大概也会和她差不多吧。

就在皮小勇为自己的人生而感叹时,谢思慧喝下了最后一滴红酒。红酒,是帮助她入睡的绝好帮手。从前,每天处理完公司的杂务,晚上无论是回家和父母一起吃饭,还是和客户、朋友一起用餐、消遣,回到家里,她总会在临睡前喝上一两杯红酒。

毕竟,凭她如今的实力,喝得起世界上最昂贵的红酒。她每次轻轻晃动高脚酒杯,就会觉得深红色的酒液像是一团剧烈燃烧着的火焰,足以熨平她各种烦乱的心事。然后,她会在微醺的状态中回到卧房,很快进入梦乡。

这段时间,她需要喝下更多的红酒,才能让自己的神经稍稍麻痹。

可是,这天晚上,她已经喝下半瓶红酒,头脑还是异常清醒,在蜂鸟社区那处公寓里发生的一切,清晰地在她的眼前一幕幕重现。

她知道,她为自己找出来的种种理由,根本无法说服自己。毕竟,她杀了一个无辜的人,一个正值青春年华的无辜女孩。

忽然,举着酒杯的手背上传来一阵凉意,她这才发现,泪水不知不觉中涌满了眼眶,并滴落了下来。

这个夜晚对于很多人来说,都是那么漫长。

同一时间,孟妍回到了自己的宿舍。单身警员的宿舍就在警局的后院,她的舍友已经睡着了,整栋宿舍楼都很安静。她小心地端着脸盆,轻声穿过走廊,用近似于慢动作的节奏在水房里洗漱完毕,又回到宿舍,钻进了被窝。"还是躺着舒服啊。"她嘴角浮起微笑,很快睡着了。

单身警员宿舍楼的旁边就是职工家属楼,阎钊的家就在这栋楼里。这是一套两居室的房子,女儿已经搬出去单过,眼下住在这里的,只有他和老伴。老伴正在沙发上看电视,头一垂一垂的,随时可能睡着。深夜时分的电视剧,自然已经重播多次,但老伴也只能这样打发时间了。他进了卫生间,看到老伴给他准备好的洗脚水和刷牙水,心里叹口气,在矮凳子上坐了下来,一边洗脚,一边盘算着,等眼下这个案子破了,一定要花上几个晚上,在家好好陪陪老伴。

高峻开着车穿过午夜时分空荡荡的城市,回到自己的房子。他家境富裕,父母早早给他买了一套三居室的房子。其实,这房子里的另外两间卧室,他平时都很少进去。他进了家门,直接进了卫生间,干脆利落地洗漱完毕,没有任何多余的动作,就回到自己卧室。他把衣物折叠好放在床边的椅子上,仰面躺下,本来还想把一天的工作做个小小的回顾,可没过几分钟就睡着了。

同一时间,谢思慧已经放下了酒杯,回到了卧室。

皮小勇结束了巡逻,独自一人乘坐电梯回到住处。

当,当,当——

这座城市历史最悠久的邮政大楼上,那座大钟的时针已经指向了12,大钟发出低沉的鸣响。

对于他们每个人来说,刚刚过去的,都是人生中格外漫长的二十四小时。

清晨终将到来。

第二天一早,高峻和孟妍驾车去了阮文斌家。他家所在的别墅区里,居住的都是本市的富裕阶层,平时就很注意保护业主的安全和隐私。这两天,因为阮文斌的意外身亡,众多媒体来到这里采访,保安当然一个都没放进去。

于是,这些记者只好围在小区门口,等着阮文斌的妻儿出来。他们已经在这里等了一整天了,一个采访对象都没抓到。好在这两天本市只有这一个足够吸引眼球的新闻,他们也就都在这里安心等着。

就在记者们百无聊赖的时候,一辆警车从远处驶来。眼尖的记者还发现坐在副驾驶位置上的,就是昨晚出现在《警情通报》栏目中的女警。记者们立刻骚动起来,他们手中的相机立刻朝向了警车。警车很快开到了小区门口,高峻和孟妍只出示了一下证件,小区保安就打开了大门,警车开了进去。

阮文斌家里,只有他妻子孔雪珍和一个五十多岁的保姆。两名刑警被保姆带进客厅时,最先看到的,就是孔雪珍正坐在沙发的一端,用纸巾擦拭着眼睛。

"孩子上学去了,她已经哭了两天了,饭也不肯吃。而且还得在孩子面前装得像是什么事儿都没有,唉。"保姆叹了口气说,也拿着一只手帕擦着眼角。她走到孔雪珍身旁坐下,轻声说了几句,孔雪珍点点头,止住了哭泣,站起身来朝两名刑警打着招呼,还吩咐保姆去沏茶。

高峻和孟妍在孔雪珍面前坐下,孟妍请保姆回避,然后拿出了笔录本,摆在茶几上。高峻问:"我们这次来,是想了解一下死者生前的情况,看看能否从中找到破案的线索。死者阮文斌最近有什么和平时不一样的地方吗?"

孔雪珍摇摇头:"我老公这个人,平时生活特有规律,每天都是按时上下班,就算有应酬,晚上回家晚,他也总会提前给家里打个电话,从来不会不说一声就不按时回家的。周五那天晚上,到了10点他还没回来,我给他打电话也没人接,再给他公司的人打电话,都说他下午去市里开完会,就直接回家了。我左等右等,连个人影儿都没见着,当时我就觉得他肯定是出事儿了。我打110报警,110还说,成年人要满二十四小时才算失踪,才给立案。我整晚没睡着,到了周六,我去了他公司,去了他开会的地方,没有任何消息。周六晚上,110总算给立案了,我又是一夜没睡。结果到了周日,你们就告诉我,他人没了……"说到这里,她用纸巾捂着脸哭了起来。

高峻他们等了她几分钟,等她的哭声渐渐小了,慢慢抬起头来,才继续问:"你和阮文斌是怎么认识的?"

"我和我老公是十年前认识的。那时他在商务局当个小科员,我在商务局对面的一家银行工作。那年,我们两个单位因为离得近,工会给我们组织联谊舞会,我们就认识了。他因为父母都是农民,买不起房子给他,他就住在一个大杂院里。那里面住了几十户人家,每次我找他,只能通过院里一个公用电话,让人家叫他。当时,好多人劝我,说他家里经济条件差,别找他。可我就认准他这个人了,谁说我都不听。后来,那个海悦商城对外招聘总经理,老阮说不想在机关待一辈子,这正好是个机会,他心一横就去应聘了,结果没想到,这件事儿还真成了。对了,海悦商城那个时候还不叫这名字,叫市第五百货商场。其实,大家到了周末逛商场买东西,都是去第一、第二商场,谁会来这个'第五'?当时,商场连员工的工资都发不出来,还欠着银行好几百万。商场里面到处破破烂烂的,一丁点儿人气都没有。别人说他放着好好的公务员不当,偏偏来这里。他谁的话也不听,愣是来当了这个总经理。那两年,他真是没日没夜地干啊,结果让这个商场的营业额足足超过'第一'两倍。想不到,家里刚过了几年好日子,他却突然走了!"

孔雪珍说到这里,像是想到了什么,头一抬,又说:"听说我老公是死在一个年轻女人家里?"

孟妍没有正面回答她,而是从公文包里拿出一张照片,递给了她。

这张照片是孟妍从桑丽菁在蜂鸟社区的公寓里拿出来的。照片上,桑丽菁身穿一件吊带裙装,裸露着肩膀,一副娇滴滴的姿势,眼神里充满挑逗的意味。

孔雪珍的眼神变得锐利起来,她哼了一声,说:"我老公就是死在她家里?"孟妍没有回答她,说:"你之前有没有见过这个人?"

孔雪珍摇摇头,说:"我老公这个人我是了解的,他当着这个总经理什么的,他们公司又有那么多年轻漂亮的女售货员,朝他投怀送抱的肯定不少。可这么多年,我从来没听说过他和别人有过什么不清不楚的事儿……他这个人,净给我说,在要求别人之前先要求自己。他要当好这个总经理,要踏踏实实做人,给手下三四百名员工做样子,不能给别人留下任何说闲话的地方。他对自己向来就是这么严,当初他从小学到大学,学习成绩一直是班里的前三名,连上大学都是保送的……"

孟妍听得有些不耐烦了,但还是一句不落地记录着。好容易等孔雪珍说完,她才继续问:"这段时间阮文斌的情况有什么特殊之处吗?"

孔雪珍说:"没有,我老公他是最顾家的,每天都是早上不到7点去上班,然后一直到晚上八九点才回来。他这么安排时间,已经好几年了,我们也都习惯了。"

孟妍点点头,说:"我们能到他的卧室里去看看吗?"

这天早上,皮小勇一觉醒来后,还是像平常那样,在整个蜂鸟社区里转了一圈。

第八章 迷宫 147

不同的是,到了7号楼楼下时,他的脚步慢了很多。从前,他的这种巡视,心情是颇为轻松的。毕竟,这份工作不劳累、不辛苦,他还有一个一分钱房租也不用花,还住得很舒服的住处。

但是,这一天他的心情沉重了很多。他总是在想,前天自己在最后一次巡视时,如果能够再细心一些,多留意一下7号楼的情形,说不定能及时发现凶手的企图,命案也许就不会发生,至少能够多掌握一些破案的线索,更快地抓获凶手。

这天早上,他站在7号楼楼下,仰望着11层桑丽菁和阮文斌死去的那个房间。他不明白,一个月薪千元的收银员,为什么一定要租这么昂贵的住处呢?

和很多别墅一样,主人的卧室在二楼。孔雪珍带着两名刑警到了她和阮文斌的卧室。这是一个二十五平方米左右的房间,有独立的卫生间和衣帽间,家具昂贵,装修豪华,看上去非常气派。

但是,和所有家庭的主卧一样,这里并没有多少阮文斌的私人物品,不但整个装修风格完全按照孔雪珍的嗜好,衣帽间、卫生间和各个抽屉里也装满了孔雪珍的衣服、鞋子、化妆品和各种零零碎碎的小东西。

真正属于阮文斌的,大概只是床头柜上扔着的一本《曾国藩家书》和衣帽间里的几件衣物。书桌上还有一部笔记本电脑,孔雪珍说主要是自己用来炒股、聊天的,阮文斌几乎没用过,但高峻还是觉得有必要带回去检查一下。

卧室检查完毕，两人感觉收获不大。孟妍说："这里没有阮文斌的其他物品了吗？"孔雪珍说："公司的办公室里，应该还有不少他的东西。"

高峻说："他的办公室我们会去检查的，现在请你回答我们，这里还有阮文斌的物品吗？"孔雪珍想了想说："三楼的阁楼里，还有两个纸箱子是他的。但里面装的东西，都是很久以前的，我都没见过。我老公说，那里面存放的，都是他小时候上学时的课本、试卷之类的东西，你们要看吗？"

高峻和孟妍点点头。

孔雪珍让保姆带他们上了三楼。这个别墅的三楼，其实只是一处坡顶的阁楼，里面堆放着各种杂物，基本上都是被淘汰的电视机、微波炉之类，还有孔雪珍的旧衣服、旧鞋子，他们家孩子不再玩的玩具。在最隐蔽的角落里，摆着两个足有一米见方的纸箱子，上面还结结实实地粘着胶带。

这天夜里，谢思慧睡得很差，她陆陆续续醒了几次，最后一次醒来时，是凌晨4点18分。从那之后，她一秒钟都没有睡着。她找了各种理由，都无法让自己从杀掉一个无辜者的心结中解脱。

虽然在杀掉阮文斌的过程中突发意外，完全改变了原来的部署，但她还是凭借冷静的头脑，根据形势的变化，完成了复仇，并且不留痕迹地离开。她相信，警方给蜂鸟社区里的这起涉及两条人命的案件，定性为自卫杀人只是时间问题。她甚至隐隐为自己

第八章　迷宫　149

感到骄傲,自己已经杀了四个人,但没有留下一丝一毫的线索。但是,她还是没有勇气面对自己的内心。她醒来后,就一直躺在黑暗里,望着天花板的模糊轮廓。慢慢地,一抹淡淡的光亮透过窗帘出现在卧室里,天花板变得越来越清晰。

天渐渐亮了。

失眠的人,各种感觉器官总是格外灵敏。她听到,一楼的客厅里有了轻轻的脚步声,接着,厨房的门吱呀一声打开了。她知道,这是曹春枝起床了,正走进厨房给自己做早餐。果然,紧接着就是一阵油锅特有的刺刺啦啦声传来,她心想,早餐看来又要吃煎荷包蛋或者煎培根了。

客厅里又传出一阵沉重的轮子滚动声,这声音到了沙发旁就停下了,接着是一阵浑浊的咳嗽声。这声音持续了大概半分钟就停下了,谢思慧心想,听起来爸爸的肺气肿没有恶化。她知道,接下来还会是饮水机打开后的哗哗流水声,和爸爸吞咽药片的声音。父母都起床了,自己也没有理由继续在被窝里赖着。

谢思慧洗漱完毕,坐到餐桌旁时,面前已经摆好了煎好的荷包蛋、滚烫的咖啡和抹好了果酱的烤面包片。父母面前,则是几十年不变的粥、腌鸡蛋、咸菜和花卷。因为起床比平时早,她吃早餐的速度也比平时从容很多。煎蛋吃到一半她才发现,父母几乎没怎么吃。她抬起头,只见父母正在相互使着眼色。

这十年来,她已经很多次见到父母这副表情了。他们只在一种情况下才会这样。毕竟,他们一家人靠着谢思慧的丰厚收入,住进了别墅,老两口可以随时出国旅游,看病时可以请医生开昂贵的进口药,再加上谢思慧的工作内容他们一窍不通,所以,他们很少干涉谢思慧的生活。

谢思慧喜欢熬夜,喜欢买天价的衣服和化妆品,花上万块钱买了小猫小狗,没养上几天就烦了,一分钱不要就送人,家具、电器,稍稍有些过时就全部扔掉。对于谢思慧的这些生活习惯,他们最多只是背后相互之间发几句牢骚,从来不敢当着谢思慧的面说。

对于谢思慧,他们只有一件事是无法接受的:那就是谢思慧至今不谈恋爱,不结婚。

谢思慧刚刚大学毕业时,他们就到处发动亲友给她介绍男朋友,自作主张给她安排了很多次相亲。可是,谢思慧好像对这类事毫无兴趣,总是一再拒绝。后来,谢思慧被父母缠得没办法,索性赴了一次相亲之约。她当时故意迟到了一个小时,到了相亲现场——一家咖啡店后,没说几句话,就一声不吭地把凉透了的咖啡泼到自己腿上,然后借口换衣服,飞快地离开。

从那之后的几年时间里,谢俊国和曹春枝再也不敢在她面前提相亲的事儿。再加上谢思慧的事业发展得越来越好,钱越赚越多,在一般观念里能配得上她的男人也就越来越少了。所以,谢思慧在经营自己的生意和完成复仇目标之外,倒是耳根十分清净。

第八章 迷宫

可是,到了最近这一两年,谢俊国和曹春枝又有些沉不住气了。毕竟,谢思慧早就年满三十岁了。在他们的观念里,如果一个女人三十岁的时候还没有结婚生孩子,这辈子都不会有什么男人对她感兴趣了,她也就只能当一辈子老姑娘了。在他们眼里,没有婚姻、没有孩子的人生,岂止是不完整的,简直就是白活一场。尤其是当他们在小区、公园里散步时,看到别的老人眉开眼笑地逗弄着自己的孙辈,更是羡慕极了,恨不能把别人的孩子抱过来亲上几口。

这两年,他们鼓起勇气,又开始帮谢思慧安排相亲的事儿。他们改变了十年前的策略,先是委托亲友找到各方面都配得上谢思慧的男人后,再一点点把这个男人有多么优秀,轻描淡写地透露出来。如果谢思慧露出一些兴趣,再进行下一步。可是,这样的伎俩也没有瞒得过谢思慧。每当他们露出一点口风,谢思慧马上斩钉截铁地让他们别瞎耽误工夫。

这天吃完早饭,谢思慧驾车出了家门。这天的天气很好,温度也很宜人,她把车开到郊外一处人迹罕至的公路上,把车速提高到时速一百公里,又摇下全部车窗,让寒风刮到脸上,刺激着自己的脑神经。

从难以入眠的昨夜,到今天被父母搅得没了胃口的早餐,都让她意识到,自己这些年一直在过着双重生活。她既要当一个在证券市场上呼风唤雨的女企业家,又要做一个不断复仇、不断杀人的女杀手。现在,在那个雨夜里被那三人轮奸的仇,已经彻彻底底报完了。但是,复仇这件事,已经在自己的生活里停留得太久,自己已经没有能力重返普通人的生活了。相亲、结婚这样的词,她想一想就觉得恶心。

她知道,如果现在的精神状态再继续下去,自己非发疯不可。"我要继续复仇!"她在心里呐喊着。同时,她已经锁定了下一个要杀的人。

第九章　解谜

　　高峻和孟妍给孔雪珍开具了证明文件后,就把两箱子属于阮文斌的杂物搬上了警车。两人离开这个别墅区,又来到了市区内。他们先去的是海悦商城。

　　进了阮文斌生前的办公室,两人向代理总经理职务的那位副总出示了身份证明,先了解了一番阮文斌生前的工作情况,又到他的办公室仔仔细细查看了一番。

　　在办公室,他们没有发现任何有价值的线索。当然,他们也拆卸下阮文斌平常所用的电脑硬盘,带回去交给技术部门进行检查。

　　那位副总和海悦商城的其他职员在单独谈话中,都说阮总生前是口碑非常好的领导。在职员和客户眼中,他为人正派,工作能力强,海悦商城能有今天这种在全市零售业举足轻重的地位,和他是有着直接关系的。

　　被调查的一共十五个人,包括海悦商城从高管到基层的各个层级,副总、部门经理、售货员、会计、保安、司机尽在其中。

最后一名职员走出办公室后,高峻把圆珠笔往桌上一拍,揉起太阳穴来。孟妍也是一脸疲惫,累得不想说话。这会儿已经是下午一点半了,两人自从早上离开警局到现在,不但没吃午饭,连水都没喝一口。

两人缓了一会儿,孟妍才说:"上午听那位阮太太把她老公夸得天花乱坠,我还以为她是言过其实,情人眼里出西施,从刚才的情况来看,她还是挺实事求是的。想不到咱们这一调查,愣是调查出一个劳动模范来。"

高峻说:"这么多人说他好,看样子这阮文斌还真是个好人。"

孟妍托着下巴,眼睛眨了眨,说:"我只是不太明白,这么一个绝世好男人怎么会深更半夜地跑到一个单身年轻女人的闺房里去?就算他是英雄救美,是让桑丽菁搭车,可他也可以把桑丽菁送到家后就离开啊。"

高峻站起来,把桌上的调查笔录整整齐齐地叠好,放进公文包,说:"要解开这些问题,最好的办法就是继续调查。走,到桑丽菁生前工作的那个超市去。"

这天中午,皮小勇正准备下班回住处吃午饭,自己的顶头上司——物业公司的副总马喜民走进了保安室。这家物业公司管理的物业,远不止蜂鸟社区。这个小区因为入住率低,物业费缴得少,一向不太受总公司重视,平时这位马副总很少到这里来。

第九章 解谜 155

皮小勇也只是在面试和入职那天见过他。这人相貌颇有特点,整个人极为清瘦,因为白天坐办公室,晚上彻夜打麻将,皮肤倒是异常白皙。他的脸瘦得刀片一般,两片一千多度的近视镜片挂在他的脸上,从远处看恰似一把磨得锃光瓦亮的菜刀上挂了两只灯泡。

皮小勇拿出一次性纸杯,刚要给他倒点水,马副总笑了笑,说:"小勇啊,别费事了,我一会儿就走。"

入职以来,皮小勇从来没见他这么客气过。他正纳闷儿,马副总说:"前天7号楼的那起案子,影响不小啊。"

皮小勇点点头。马副总说:"总公司在城里城外一共有十来处楼盘,这些项目里面呢,虽然小偷小摸的事儿在所难免,但是大的案子,像抢劫、盗窃之类的,还是很少发生的。更何况这起案子涉及两条人命,不但是蜂鸟社区前所未有的,还是公司名下所有的项目里前所未有的,在本市历史上都非常罕见。"说到这里,马副总脸色一沉,说,"据说,案发当天是小罗当班?"

皮小勇有些明白马喜民的来意了,他说:"马总,当天的确是小罗当班,但是,因为总公司要控制人力成本,整个小区一向没有夜间保安,我们一直是按照朝九晚五来上下班的。那天也是这样,小罗下午5点钟就下班了,这个作息时间,也是总公司定的。那天的案子发生在深夜,所以,在这件事儿上,小罗真没什么责任……"

两人所说的小罗,是蜂鸟社区的三名保安之一,保安部经理皮小勇的部下。

马喜民挥手打断了皮小勇的话："小勇啊,你不要再维护他了,凶手完全有可能是在他值班时进入小区的,对不对？再说了,出了这么大的事儿,总公司方面总要给死者家属,给社会舆论一个交代吧？"

皮小勇腾地站了起来,说："马总,凶手是什么时候进的小区,要等警方的调查结果,咱们不能随意猜测,对吧？况且小区是开放式的,门口不设门卫,这也是总公司早就确定的,我们只是执行而已。马总,是公司为了控制人力成本,这才导致小区在安全方面有漏洞,这个黑锅,不能让小罗一个人背吧？"

马喜民嘿嘿干笑两声,拍拍皮小勇的肩膀,让他坐下,接着说："不是让他一个人背锅……小勇,你提的意见没错,现在总公司已经决定,小区以后从开放式改为封闭式,而且在社区门口增设保安。"

皮小勇点点头,说："马总,那就太好了,我保证,以后社区里绝不会发生这种事件了！"

马喜民的神色有些尴尬,他咳嗽两声,说："嗯,这个……小勇啊,你看看,前天的这件事,固然小罗作为当天的值班保安有责任,你作为保安部经理,是不是也有工作不到位之处？"

皮小勇明白了,说："我懂了,马总,你的意思我全明白了。其实你们是觉得,在小区门口设门卫了,小区里面就用不着保安了。所以,我和小罗都不能再干了,让留下的那两个人在小区门口两班倒,对吧?"

马喜民说:"小勇,咱们当初签的合同里可是有这样的条款,如果工作出现重大失误,是可以马上解聘的。无论是你还是小罗,既然小区里出了这么大的案子,都可以说责无旁贷。而且,在这种情况下解聘你们,公司完全可以一分钱的赔偿金都不用给你们。"

皮小勇说:"我和小罗离开后,小区内部一个保安也没有,你觉得业主们会对这种情况听之任之吗?明年的物业费,能收得上来才怪了。"

马喜民眼一瞪,说:"以后进出小区的车辆也要登记,这些安全措施,业主肯定会认可的!"

皮小勇冷笑:"车辆也要开始登记了?业主的车要缴车位费,其他的车要缴停车费,对吧?"

马喜民脸上有些发红,但还是在争辩:"我们这是为了业主的安全着想!再说了,这几年小区里业主一直免费停车,也该变一变了。城里的楼盘那么多,有几个是免费停车的?"

皮小勇说:"这个小区的房子本来就卖得这么差,如果物业收费越来越高,更不会有人买这里的房子。"

马喜民冷笑:"房子能不能卖出去,不用你操心。总之,你和小罗只能留一个,你说留谁?"

孟妍和高峻离开海悦商城,顾不得回警局吃午饭,到海悦商城附近的洋快餐店买了两份汉堡包,三下五除二吃完,就来到桑丽菁生前供职的超市。这时,超市的所有人——一个四十多岁的中年女人已经在店里等着他们。

"我叫刘淑芬,超市是我开的,桑丽菁是我这里的收银员,但她是在工作地点之外死的,和我这里可没有任何关系。她的家人可别指望从我这里要到什么赔偿。"刘淑芬面前摆着一碟瓜子,高峻他们来到时,她正磕得起劲,一看到两名刑警,马上站起来,机关枪一般地快速说道。

孟妍冷冷地说,她和桑丽菁之间的劳务关系不在这次的调查范围内,自己是来了解桑丽菁的个人情况的。

刘淑芬这才松了口气,她告诉两名刑警,这家超市已经开了三年,平时店里只有一名收银员。自己一共雇了两名女收银员,她们两班倒,每人上一天班休息一天。

孟妍说:"她平时和什么人来往,你知道吗?"刘淑芬摇摇头,说自己是从人才市场雇来的桑丽菁,平时是每天晚上8点半左右,一天的营业时间快结束时,自己会来收一次当天的销售款。自己手里也只有她的身份证复印件,对她在工作时间之外的情况完全不了解。

高峻说:"她每月的工资是多少?"

刘淑芬说:"不管吃住,每月一千二。"

高峻说:"她有什么异常的表现吗?"

刘淑芬说:"没有。这个小桑,平时好像也没什么朋友。"

高峻说:"你最后一次见到她,是什么时候?"

刘淑芬:"周三,也就是四天前。"

高峻说:"你不是说每天营业时间快结束时,你会到这里来收货款吗?为什么周五没来?"

刘淑芬:"周五那天,我本来是想来的,可当时手气正好,就让桑丽菁给我拍了一张收银机里的照片,这样我就知道那天超市的营业额了。"

"我们看看这张照片。"

刘淑芬打开手机,给他们展示了一张收银机里的照片。照片上,各种面值的钞票整整齐齐地排列着。

高峻说:"你把这张照片发给我。"他把自己的手机号码给了刘淑芬,又接着问,"你知道她住在哪里吗?"

刘淑芬摇摇头,说:"警官,她只不过是个打工妹,只要能按时上下班,不私吞店里的款子,我就什么也不用操心了,哪里用得着管她住哪里呢?"

孟妍说:"她住在蜂鸟社区,每月租金一千五。"

皮小勇走出了保安室,发现天色已经擦黑了。毕竟是冬天,太阳落山早。他回到自己的住处,把兜里的钱和银行卡都摆在面前,好好数了一遍。刚才,马喜民让他在留下自己还是留下小罗之间选择,他知道小罗除了当保安,也没别的本事,就说自己愿意离职。

他数完了自己手头的钱,大概是三千块。他拿着银行卡站起身来走到窗边,望着外面只剩下半张脸的夕阳和小区里稀疏的灯光,心想,反正自己平时花销也小,用不着太多钱,索性先不找新工作,把7号楼1102号公寓的命案弄清楚再说。更何况,如果这个案子不查清楚,这件事将一直影响自己,本市的保安行业,自己肯定是没法再干了。

这样一来,幸好小罗可以继续当保安,自己也就可以很方便地进出小区。

第二天早上,他决定正式开始全力以赴地调查1102号公寓的命案。下了楼,他刚要习惯性地在小区里巡查一番,忽然想到,自己已经被炒了鱿鱼,还是应该低调一点,避免引起太多人的注意。他把棒球帽的帽檐往下拉了拉,这才骑上自行车往外走。

到了小区门口,他发现情况有些不一样了。这个小区本来有一个供行人进出的小门,这个门原本是一直敞开的,如今已经关上,旁边站着的保安,正是小罗。小罗告诉进入小区的访客,要在登记簿上留下姓名和电话号码,还告诉每一个离开小区的业主要带好小区的出入证。

皮小勇若无其事地走到门口,小罗刚要说话,忽然认出了他,马上激动起来,嗫嚅着说:"马哥——"皮小勇压低声音说:"别声张。"

小罗点点头,皮小勇不动声色地推着自行车出了小门。他骑车到了公交车站,发现这里和深夜完全不一样。此时,在这里等车的都是年轻的白领,他们脸上都布满了急切的神情,显然是在盼望着公交车快点到来,自己就可以按时赶到城里的公司。

他锁好自行车,来到站牌下。他发现,真的有人在这里看那些招租小广告。

其中有一男一女,二十出头的样子,显然是还没结婚的情侣,正对着这些小广告反复斟酌,想从中选出一套最能接受的。小广告上还有这些房子的照片,尽管是黑白的,也都很模糊,但大体上还是能看出户型和家具、装修的情况。

其中那个女孩边看边念:"1号楼706,3号楼811,4号楼305,7号楼1102……"

男孩则说:"这个房东太有钱了,有这么多房子。咱们要是有这么多房子,都不用上班了。"

那女孩说:"我也不要求太多房子,能有一套就满意了。"

男孩把女孩往怀里紧紧地搂了搂,说:"你放心,等到咱们结婚时,我一定会让你住上一套大房子!比这里最大的一套还要大!"

旁边等车的几个人看着这对小情侣山盟海誓的样子,都微笑起来。皮小勇无心多想,只是一直盯着那女孩正在看的招租小广告,心想,这个刚刚发生了命案的7号楼1102号公寓,业主又准备出租了。

他拿出手机,拨通了小广告上的电话号码。

"请问是蜂鸟社区的业主吗?我看到你贴的小广告了,我想租你的房子。"皮小勇说着,心里同时想着,如果这个业主长年不住在这个小区,她也不会认得自己曾经是这里的保安。

高峻和孟妍从那家超市返回警局后,基本上已经是下班时间了。他们在回警局的路上就商量好了,今晚要开夜车,把已经到手的各种资料仔仔细细梳理一遍,看看能否找到线索。

毕竟,案发已经三天了,这起涉及两条人命的案件,究竟是不是正当防卫杀人,必须定性了。这样一来,到了最新一期的《警情通报》上,就可以给市民们一个交代了。云峡市一千多万的市民对于本市的治安情况,向来还是比较满意的,所以,这个涉及两条人命的案子就格外让市民们关注。

两人把这一整天的收获,也就是从阮文斌办公室里取来的电脑硬盘里的资料和那两只大号纸箱子搬进办公室后,就赶紧去了食堂。两人在外面跑了一整天,也饿了一整天,好容易能正经吃顿晚饭了。

两人一边吃,一边分好了工,高峻查电脑硬盘,孟妍查纸箱子。吃饱喝足后,已经是晚上8点了,两人回到办公室,就在各自座位上忙了起来。这天晚上的头三个小时,两人一句话都没交流,一直到了晚上11点,孟妍打了第一个哈欠后,这才站起身来,给自己和高峻各冲了一杯浓浓的咖啡。

"查到什么有价值的线索了吗?"孟妍把咖啡放到高峻面前。高峻摇摇头,注意力仍然集中在面前的电脑显示器上,过了几秒钟,才端起杯子,喝了一口咖啡。他抬头看了看墙上的石英钟,

第九章 解谜 163

说:"刚把阮文斌历年的会议记录看完,这人是够细心的,大大小小的事儿都爱记下来,他看来很适合去档案局工作。"

孟妍说:"我这儿也差不多,他把从小学一年级开始的作业本、课本、日记本什么的都保留着,我这会儿看到他初中的学习成绩了。还真不错,期末的考试成绩,都是九十分以上。"

"一个案子里,文字材料要是多了,是好事儿,也是坏事儿。"这时,办公室门开了,一个男中音传了进来。

"阎叔。"两人抬头和进来的阎钊打着招呼。阎钊手里提着一只大号钢制保温桶,他说:"你们婶子知道你俩今天在这儿熬夜,特意包了馄饨让我送来。"

孟妍嘻嘻一笑,说:"就冲着您和婶子这份心意,今天晚上我们也非得查出点线索来不可。"说着,把自己和高峻的饭盒拿了过来。

阎钊掀开保温桶的盖子,一股香气飘散开来,孟妍深深吸了口气,感叹道:"太香了!"阎钊一边往两只饭盒里盛着馄饨,一边说:"说文字材料多是好事儿,是因为往往可以通过这些材料查到破案的线索。说这是坏事儿呢,是因为要把文字材料看明白,的确需要大量的时间。"

高峻接过饭盒,深深吸了一口气,赞叹着说:"真香啊,一闻就知道,这是婶子最拿手的全虾馄饨,每只馄饨里都有一个大虾仁儿,就冲这待遇,我天天加班熬夜都没意见。阎叔,眼下这案子也没别的线索了,我们就希望能从死者阮文斌留下的资料里,看看能否找到关键线索。"

阎钊点点头,说:"你们这思路是对的,材料必须仔仔细细看,不能有疏漏。而且,只要看到觉得不对劲的地方,千万别自己找个原因来解释,一定要一查到底。这一点非常关键。"

高峻早就饿了,本来在一口一个地吃着馄饨,听到这里,脑子里闪过一个念头。这么一走神,一个虾仁儿还没来得及咀嚼,就卡在喉咙里,他顿时剧烈地咳嗽起来。

孟妍赶紧过来给他捶背,他低头把虾仁儿咳出来,抬头对阎钊说:"阎叔,您这么一说,还真提醒我了。刚才我查看阮文斌的银行流水时,看到他从十二年前开始,每个月要给两个银行账号转钱,一开始还不多,可到后来越来越多,最后达到了两千。直到十年前,他把两笔钱汇成一笔,只给其中一个账号转,但每次都是转四千,后来慢慢增加到了一万。到了两年前,这笔转账就停掉了。这两种转账,他每次都在备注那一栏里写着助学,所以,当时我就觉得大概他像很多人给失学儿童捐款助学一样,没怎么继续查这件事。阎叔,听您这么说,看来这事儿还得好好查查。"

阎钊双手抱肩,仔仔细细听完他的话,才说:"对,遇到可疑的事情,别急于找个原因就下结论,一定要有明确的根据。"高峻使劲儿点点头,说:"明天我就去银行,查查他究竟把钱转给了谁。"

阎钊很快就离开了,两人又各自忙碌起来,一直到了第二天清晨。

第九章 解谜

这个早上6点30分，天刚蒙蒙亮，清晨的光线洒进刑警队办公室时，高峻和孟妍开始把一沓沓作业本、课本、成绩单之类放进那两只从阮文斌的别墅阁楼里搬回来的纸箱子里。

"这个阮文斌，的确是个学霸，我还真没见过他这样，小学升初中、初中升高中、高中升大学，都是保送。"孟妍打了个大大的哈欠，往椅背上一靠。

高峻则皱着眉头，仿佛还在琢磨什么。孟妍看到他的神情，捅了他一拳说："想啥呢？还在琢磨阮文斌究竟是给谁转了好几年的钱？"

高峻摇摇头，说："查清楚转账对象还不简单，带着证件到银行去一趟，就什么都明白了。我纳闷儿的是，他的成绩一向这么好，可见他向来非常自律，怎么会干出到单身女孩家里去强奸人家的事儿呢？"

这天上午，高峻和孟妍结束了一整夜的工作后，各自回家休息了一会儿。他们只是小睡了个把小时，吃了顿早餐，就又开始继续调查蜂鸟社区7号楼1102号公寓的这起离奇案件。他们来到银行，向大堂经理出示了证件。那个眉清目秀、西装笔挺的大堂经理连忙把他们带进会议室，又请来更高级的银行职员接待他们。他们告诉对方，希望能帮助警方查询一下阮文斌生前从十二年前到两年前转过账的两个账号。

那位银行高级工作人员不敢怠慢，当即按照阮文斌的账户号码，查清了转账记录。上面显示，阮文斌从1993年到2003年的十年中，一直在按月给两个银行账号转账。起初，每月的金额各是五百元，后来逐渐增加，到了1995年，已经达到了每月两千元。在这两年里，分别给两个账号转了两万七千元。而从1995年到2003年，他停止给其中一个账户转账，转而给另一个账户由每月转账四千元，逐渐增加至一万元，这八年里，他共计转账五十六万八千元。

从2003年7月开始，他不再给任何账户转账。

孟妍问："那两个账户的开户人是谁？"那位银行经理说："都是一个名叫陈双林的人。"

高峻马上拿出手机，拨通了公安局户籍科民警的电话，让他帮自己查询一下此人的情况。没出一分钟，户籍科民警拨回了电话，告诉高峻，此人是本市郊区的一位农民，已经在1992年因病去世了。

这也就意味着，一定是有人利用这个陈双林的身份证，去冒名开设了银行账户。

高峻和孟妍出了银行，回到了警车里。孟妍坐进副驾驶位，拽过来车门重重关上，气呼呼地说："时间太久远了，银行没有当年用陈双林的身份证开户的视频资料，我们不知道究竟是什么人开了这两个账户。好不容易找到一条线索，又断了！"

高峻刚要安慰她，自己的手机响了起来。他一看屏幕，对孟妍说："技术科打来的。"他按下接听键，刚听了一两句话，脸色就变了。

孟妍赶紧问:"出什么事儿了?"

高峻一脸严肃,掏出车钥匙,打着了火,一踩油门,警车蹿出了停车位,上了马路。他紧盯着前方的车流,说:"得赶紧回去。咱们前天晚上顶着寒风弄回来的那辆自行车,技术科的小刘真的有发现。"

他们进了办公室第一眼就看到,阎钊正和技术科的小刘议论着什么。见到两人进来,阎钊朝他们招着手,说:"你们过来看看。"等高峻和孟妍到了跟前,小刘递给他们一张检测报告,结论有两条。第一条是关于自行车的。结论里说,自行车完好,没有任何损坏。第二条,则是在那辆自行车上,不仅查到了大量桑丽菁的指纹,还查到了蜂鸟社区保安皮小勇的指纹。

高峻和孟妍面面相觑。根据他们掌握的情况,皮小勇应该和死者是素不相识的。在很多案件里,如果有人故意隐瞒和死者的关系,此人往往就会是杀人凶手。但是,从案发后的表现来看,皮小勇没有丝毫和案件有牵连的迹象。高俊两人心想,难道自己遇到了一个狡猾到了极点,演技也好到了极点的凶手?

阎钊看着两人的神情,说:"这个皮小勇,你们和他们接触过?"两人点点头,孟妍说:"这个案件,是由两名死者之一的阮文斌失踪引起的。就是这个皮小勇当初最早发现了阮文斌的那辆车,通知了警方。后来,我们去了蜂鸟社区,虽然找到了阮文斌的车,但不知道他人在哪里。后来,也是这个皮小勇想办法确认了案发现场的位置,发现了两名死者。"

她把前天皮小勇的表现从头到尾仔仔细细说了一遍。高峻接着说:"阎叔,我们的确觉得这个皮小勇不太像和这个案件有多么大的牵连。当然,眼下毕竟有证据摆在这儿,要不然先请他回来协助调查?"

阎钊皱眉想了想,摇摇头说:"别着急。目前我们还有别的线索,这个皮小勇暂时可以先不动他。仅凭死者自行车上有他的指纹,还说明不了什么。现在去问他,他完全可以很轻松地找个理由来应付咱们,比如他可以说曾经帮女死者给自行车打气。我们还是先查别的线索,如果还有线索指向他,到时把我们的调查结果一下子亮出来,他就没法抵赖了。"

高峻和孟妍点点头,可技术科的小刘说:"阎叔,死者自行车车把上这个皮小勇的指纹都非常清晰,也很新鲜,肯定是两三天之内留下的。而且,他的指纹普遍覆盖了死者的指纹,也就是说,最后一次接触这辆自行车的是他,而不是死者。"

高峻一拳砸在桌面上,说:"看来这个皮小勇的确有嫌疑!"孟妍说:"如果这起案件真的和他有关,以他的演技,真可以得奥斯卡最佳男配角奖了。走,我们再去调查一下。"

两人驾驶警车再次来到蜂鸟社区,他们远远地看到,社区的大门那里似乎和从前不太一样了。警车开到大门口,他们发现,原本行人自由出入的小门已经关上了,门后站着一名没见过的保安。每个外来者需要登记下自己的姓名才能被放行进入小区。

高峻和孟妍颇为诧异地相互看了看,不太明白这番操作是何用意。保安身后,还有一个穿戴得整整齐齐的马脸男人,起初在紧紧盯着保安的一举一动,一看到他们两人从警车里出来,马上迎了上来。

"我姓马,马喜民,物业公司的副总,你们两位是……?"马脸男人脸上堆着笑,把胳膊直直地伸了过来说。高峻说:"你是这里的负责人?"马喜民连忙点头:"是,你们是为了前几天的案子来的吧?"高峻说:"那好,我们的确有情况需要向你们了解。"马喜民朝四周瞅了瞅,说:"请到我办公室谈吧。"

三人到了保安室,马喜民说:"前几天的那个案子,我的确不在场,什么情况都不了解。不知警方需要通过我了解什么情况?"高峻说:"那天带我们进入现场的保安皮小勇,这人现在在哪里?"马喜民不明白刑警的来意,含含糊糊地说:"皮小勇从前的确在这儿当保安,但他现在已经离职了。"

这起案子目前唯一的嫌疑人皮小勇离职了?高峻和孟妍对视了一眼,表情马上变得严肃起来。他们每人都在考虑一种可能——皮小勇潜逃了。"他为什么离职?他去哪儿了?"孟妍问。

马喜民猜不透刑警的意思,说:"他是保安部的负责人,小区里发生这么大的案子,他肯定有责任,公司有公司的纪律,只好辞退他了。""哦,原来他是被你们辞退的。"孟妍说。

马喜民看得出来,这两名刑警都松了一口气。

高峻说:"现在能联系到他吗?"马喜民说:"我试试。"他拿出手机拨出皮小勇的号码,还按下了免提键,可手机很快提示对方已经关机。

他抬起头看着两名刑警,试探着说:"他和这起案子有关?"孟妍说:"这些不需要你操心。"

此时,皮小勇正坐在一家洋快餐店里,对面坐着的是一个刚刚烫好头发、穿着一身皮草的中年妇女。这人面前摆着一摞大红色的证件,每个证件都代表着本市的一处房产。

皮小勇按照小广告上的号码和这个房东联系上之后,就以有意租房的名义,约她面谈。房东很爽快地答应了。两人刚一见面,房东就要皮小勇关掉手机。皮小勇不知何意,房东眼珠一转,说租房是商业秘密,怕他录音泄露出去。

"你不是记者吧?"房东上下打量着皮小勇说。他这才明白,肯定有过某家媒体打听到她就是发生命案的房子的主人,要采访她。她不想别人知道是自己名下的房子里发生了命案,这样房子就不好出租了,自然也就不愿接受采访。

这中年妇女眼瞅着皮小勇关掉了手机,这才伸出手,拍了拍这一摞房本,又像扑克牌一样摊开,说:"我在蜂鸟社区有五套房子,什么户型都有,你要租什么户型的房子?"

皮小勇抿着咖啡,说:"我是一个人住,但有的时候,也会有

第九章 解谜 171

朋友来借住。你有合适的户型吗？"

那女人想了想，从房本里抽出一个，摊在皮小勇面前，说："喏，这套两居室，建筑面积七十四平方米，使用面积也有五十平方米，能住好几口人呢。"

"面积真大，租金挺贵的吧？"

"租金是不低，可绝对物有所值。这房子不光面积大，视野还特别开阔，而且是朝南的，冬天可暖和了。"

"还有别的房子吗？"

"别的就都是一居室了。"

"有大开间吗？"

房东一仰脸，说："当然有。"

两人又聊了几句，皮小勇表示要看过房子之后再做决定。房东瞟了他一眼，说："蜂鸟社区的房子，谁不知道品质是全市第一流的？看不看都差不多。"

皮小勇摇摇头，说："连看都没看过的房子，谁敢住啊？你要是不想让我看房呢，那也没关系，反正我肯定要在蜂鸟社区租上一套房子，你的房子我看不成的话，我只好去看别人的房子了。"说着，他站了起来，一副随时可能离开的架势。

看到皮小勇似乎的确要租房，这个房东只得说："行，咱们去看看房子。"她知道，自己那套大开间的房子里三天前刚刚发生了命案，如今房子还作为犯罪现场被保护着，就算是回到小区里，也没法带顾客进去看，只好到了小区里，再想办法把别的房子租给他。

女房东结了账,两人出了餐厅,坐进了女房东开来的汽车。当两人乘车返回蜂鸟社区时,高峻正把从马喜民这里了解到的情况通报给局里。

坐在房东车里进入小区后,皮小勇觉得轻松多了。毕竟,此时保安都在门口,不会出现在小区内部,而那位马副总更不会在小区里面四处巡查。

"先去看哪个房子?"

穿过小区大门后,房东一侧脸问皮小勇。皮小勇想了想,说:"先去看看那个大开间吧。"

房东心里一阵打鼓,她心想,这个公寓里指不定是什么情况,虽然两具尸体已经抬走了,可说不定地面上还有一大摊血,房门外还有警察设立的隔离带。面对这样的公寓,没人会有兴趣。她赶紧说:"你要是有朋友来住的话,那房子可不太合适,住不开啊。我带你先看那几个一居室吧,这种一居室才是这个蜂鸟社区的主打户型。"

皮小勇摇摇头,说:"刚才你还说,你各种户型的房子都有,结果我最感兴趣的户型你就说不合适。"

房东脸色有些难看,说:"这房子除了朝南,能看到小区里的情形,也没什么特别好的地方。"

皮小勇一愣,觉得脑子里好像划过一道亮光,马上说:"你的房子里只有这套朝南,能看到小区里的情形?"

房东不明白他为什么对这句话有这么强烈的反应，点点头，说："是啊，这个小区房子卖出去的本来就少，大开间的房子就更少了，朝南的大开间更是少之又少。所以，这套房子的租金，比同样面积的一居室都高。"

皮小勇攥紧拳头，闭上眼睛，把刚刚获得的这条信息放到了关于1102号公寓那起命案的所有信息里，他马上就想通了很多事情。这么简单的事儿，自己怎么早没看出来？

他马上掏出手机，准备打给那两名刑警，这才发现手机还关着机。他赶紧重新开机这时，他感觉到身后传来一阵脚步声，听声音的方向，有人正朝着自己走过来。但他顾不得回头看，还是拨出了三天前留下的高峻的电话。

手机里传出的是无人接听的声音，这声音响了很久，他才意识到，一模一样的铃声从身后传来。他转身一看，发现站在自己身后的正是高峻和孟妍，还有马喜民。

第十章　困局

几个人进了保安室,皮小勇刚要把自己的发现说出来,却看到马喜民和那个房东在场,马上闭上嘴一言不发。孟妍一看这情形,客客气气地对马喜民说:"马先生,警方调查案件,需要您配合一下。"

马喜民一愣,说:"这个没问题,我应该怎么配合?"

高峻做了个"请"的手势,说:"很简单,您回避一下就行了。"

马喜民一愣,虽然觉得很没面子,但也没办法,和房东出了保安室。皮小勇等到他们的脚步声消失,这才说:"警官,案发的时候,那个房间里——"他朝远处7号楼1102号公寓的方向一指,说,"肯定还有一个人。"

还没等刑警问,他就接着说:"刚出去的那个人,就是1102号公寓的房东刁素珍。刚才她告诉我,她名下所有的房子里,只有这一套是朝南,也就是朝向小区内部的,因此这套房子的房租格外高一些。我听说那个女死者是个收银员,收入并不高,我觉得应该是别人替她租的房子。我看到过这个房东贴的小广告,她把自己所有的户型都放在小广告上了。这也就意味着,租下这房子的人,就是冲着这一点去的,这样就可以在房间里观察小区停车场里的情况。"

高峻琢磨了一下,朝孟妍使了个眼色。孟妍点点头,站起身来,不动声色地走了出去。

保安室里陷入寂静,高峻捏着圆珠笔,在桌面上轻轻敲打着,时不时朝皮小勇扫一眼。

皮小勇心里有些忐忑,不知道自己的这番话产生了什么样的作用。他想了想,脸上挤出点笑容,低声对高峻说:"警官,我知道的都说了。"

话刚说完,他就觉得不太对劲,好像自己是个需要交代罪行的罪犯一样,他想找点儿话来补救一下,可又不知道该说什么。

高峻的脸色依旧平静,淡淡地说:"好,过一会儿还有问题问你。"

皮小勇咽了口唾沫,刚要再说点儿什么,孟妍推门走了进来。她的表情已经不像刚才那样平静了,眼神里多了些内容。

她朝高峻点点头,重新坐了下来,朝皮小勇说:"我刚才问过房东了,她说的和你说的一致。而且,她说那套房子上次出租时,房客直接在电话里就说要租这套房子。"

皮小勇心里一喜,嗖地站起来,恨不得攥起拳头欢呼。高峻伸手示意他坐下,又说:"但这样就能说明案发时,房间里还有第三个人吗?"

皮小勇连连点头,说:"嗯,一定是有人为了观察小区里的情况,才租了这套房子。"

高峻转过脸对孟妍说:"今晚你还要上《警情通报》吧?看来要请示一下局里,关于这个案子,应该怎么说。"

孟妍点点头。高峻对皮小勇说:"那你的指纹出现在死者的自行车上,你怎么解释?"

皮小勇大吃一惊,说:"我根本不知道死者的自行车是哪一辆!"话音刚落,他忽然想到前天晚上自己的确去过蜂鸟社区外的那个公交车站,在那里自己接触过不少自行车。他一拍自己的脑袋,把自己为什么要去那里原原本本说了出来。

孟妍和高峻听完,表情复杂地相互看了看,谁也没说什么。

因为在死者的自行车上发现了皮小勇的指纹,他们本来还以为皮小勇和本案有着很深的关联,但现在根据他说的话,可以完全排除这种可能。

皮小勇看看高峻,又看看孟妍,不知道自己刚才的话为什么会让这两名刑警陷入沉默。

高峻他们决定回警局把今天了解到的情况向领导汇报一下。一直站在门外的马喜民一见他们出来,马上迎上来说:"高同志、孟同志,你们大老远从城里到这儿来查案子,实在辛苦,总公司方面在城里的饭店已经备好晚饭,咱们一起过去,你们吃完晚饭再去局里向领导汇报情况如何?"

毕竟,他负有物业公司总经理交给他的使命,那就是把这起

第十章 困局 177

案件对公司造成的影响降到最低。现在,公司各处楼盘都因为这起案子受到了影响。如果警方查明案件和公司的物业管理没有关系,那就可以极大地挽回公司的声誉。

高峻摆摆手,说:"饭就不吃了,我们还要赶回去研究案情。"他指了指皮小勇,说,"他是这里保安部的经理吧?"

马喜民心想:"我明明跟你说过,这个皮小勇已经离职了,你这不是明知故问吗?"他嘴上却说:"是啊,小皮年轻有为,是公司的骨干,总公司的领导一向很看好他。"

皮小勇自从早上出了家门,一整天都在忙碌奔波,早已经又渴又累,他本来在喝水,一听马喜民这话,满口水一滴不剩地喷了出来。

另外几个人都装作没看见,高峻继续板着脸说:"既然是人才,就要重视,皮经理刚才给我们介绍的情况,对尽快破案有非常大的帮助。我们下一步还会来向他了解情况,希望物业公司方面能够继续配合警方的工作。"

皮小勇刚刚又喝了一口水,正含在嘴里,还没来得及咽下去,一听到"皮经理"三个字,马上又扑哧一声,把水喷了出来。他的确当过保安部经理,但这并不是真正的经理岗位,无非就是在几名保安中,他来这里工作时间稍长,物业公司需要发通知给几个保安时,就由他来转达而已。

那几个人只好再次装作没看到皮小勇的反应,马喜民更是尴尬,他硬着头皮说:"请高同志放心,我们一定全力以赴,配合好刑警队的工作。至于皮经理,在本案彻底侦破前,公司方面不会安排他任何工作,确保他集中精力为破案提供帮助。"

高峻满意地点点头,对他们说:"记得晚上收看《警情通报》,里面会提到这起案子的。"接着,他对孟妍说,"走吧,咱们回局里,把情况汇报给领导。"

两名刑警驾车离开,马喜民和皮小勇站在小区门口目送他们离开。直到看不见警车了,马喜民才转过脸看着皮小勇。皮小勇嘻嘻一笑,说:"马总,我知道您刚才的话,是为了应付他们才说的。您放心,我既然已经被您炒了,就一定不会再在您面前出现了。"说完,他转身要走。

马喜民使劲咳嗽两声,说:"好了,小勇,你就别开玩笑了,你是公司保安部的业务骨干,关键时刻怎么能让你撂挑子呢?公司现在正需要你,你就好好配合好警方,尽快破了这案子,最大限度地挽回公司的声誉,行不行?"

孟妍和高峻回到刑警队,看到办公室里只有阎钊还没下班,他正盯着钉在墙上的一张照片看着。两人轻轻走到他身后,发现他正在看的是一张刚刚打印好的照片。这张照片,他们两人也见过,就是桑丽菁在超市供职时,有一天超市老板因为忙于打麻将,没有顾得上来超市收账,让桑丽菁拍了一张收银机内当日货款的照片。

他们曾经在超市老板的手机上见到过这张照片。

第十章 困局

阎钊握着一只放大镜,正仔仔细细看着照片的每一个细节。两人互相看了看,又摊开双手,眼神都很迷惑,不明白阎钊为何如此细致地对待这张照片。

"你俩有话就说,鬼鬼祟祟的,搞什么古怪?"阎钊一边继续盯着照片,一边头也不回地说。

两人不好意思地笑了。孟妍一歪脑袋,说:"阎叔,您这么重视这张照片,肯定有原因,您教教我们呗。"

"教教你们,教教你们,光会嘴上说。我教你们多少次了,你们就是不往心里去,我教再多有什么用?"阎钊说着,把放大镜放下,转起身来,晃着胳膊活动了一下肩部。

孟妍凑过去给他揉着肩,说:"阎叔,您的那些宝贵经验,一条比一条博大精深,余味无穷,您也得给我们留一个消化吸收的时间是不是?"

"你俩越来越贫了。"阎钊转过身,拍了拍那张照片,说,"这张照片,你们看出来有什么特殊之处吗?"

高峻他们凑到一块儿看了起来。过了十几秒,两人几乎同时有了反应,高峻一拳轻轻砸在桌面上,孟妍则使劲儿一跺脚。

"这张照片,不是用死者留在案发现场的那部手机拍的!"孟妍首先喊了出来。

此时,他们都明白了,这张照片上,收银机里装着各种面值的钞票,这些钞票上的各种细节都非常清晰,编号、花纹都可以很容易地分辨出来。在当时,手机摄像头的分辨率和手机的档次、价位有着非常直接的关联。低端些的手机,要么没摄像头,即使有,像素也在三十万左右。只有价格昂贵的高端名牌手机像素才能达到一百万,拍出非常清晰的照片。

在案发现场,虽然死者桑丽菁遗留有一部手机,但这部手机的分辨率就只有三十万像素,根本不可能拍出这张照片。高峻和孟妍的脸色都沉了下来,他们明白,这个案子的真相,远比现场给人的第一印象复杂得多。

而自己距离这最后的真相还非常非常遥远。

三人一起去了局长办公室,把案件进展进行详细汇报。局长告诉他们,根据蜂鸟社区那名保安提供的情况,再加上这张手机拍摄的照片,对于这起案件的定性,一定要慎重。这起案件影响面广、关注度高,一定要尽快破案。局长特意叮嘱孟妍,在当晚的《警情通报》里,不要提及这起案子。

三人回到刑警队,孟妍准备在《警情通报》里播出的内容,高峻则去食堂给三人打来了晚饭。吃过饭,孟妍简单梳洗后就驾车去了电视台。高峻正要去把本案的各种证据重新摆出来好好研究一番,阎钊一拉他的胳膊,说:"别着急,先和我杀两盘。"

说着,他拉开自己的抽屉,取出一个沉甸甸的油布包,又拉过一把椅子,放到自己和高峻中间,在椅子上摊开油布,露出一张有些掉漆的棋盘来。

阎钊见高峻还是紧皱眉头,一副心事重重的神情,就一边摆着棋子,一边说:"破案这件事儿呢,既不能不着急,又不能太着急。什么叫不能不着急呢?因为咱们是刑警,往大里说呢,破案是天职,是本分,咱们的工资里每一分钱都是老百姓的血汗钱,咱们当然得对得起老百姓。那往小里说呢,这是咱的饭碗。有了案子,尤其是大案要案,不想法儿尽快破案肯定不行。但是,为什么还要说不能太着急呢?这就牵扯到哲学了——"

高峻听到这里,差点儿笑出来,可还是努力控制住了。阎钊抬头瞟了他一眼,懒洋洋地说:"怎么,你这研究生、知识分子,看不起我这公安学校的中专生啦?我就不能懂哲学啦?"

高峻连忙说:"不是不是,您说吧,我都好好听着呢。"

阎钊把自己的"卒"向前一拱,说:"为什么说破案还关系到哲学呢?你想,案子发生了,谁是凶手,这是一个客观的事实,是不以人的意志为转移的,这就和地底下有没有石油是一个道理。你能想挖出石油就能挖出来吗?你得把各种必要的工作做好,该勘探勘探,该钻井钻井,什么时候石油开始吱吱往外冒了,什么时候才算真挖着石油了。破案也一样,要找准方向,搜集够证据,这才能破案。子弹要想打得准,首先就要用枪上的准星把靶子给瞄准啰。心态要是太急了,脑子里没准星了,工作就没个方向了,那能破案吗?"

高峻点点头,说:"阎叔,您说的我明白了,那咱爷儿俩现在好好下棋,等孟妍回来了,再把各种线索仔仔细细捋一遍,您看成吧?"

阎钊微笑了,说:"你小子是聪明,我本来想借着下棋让你把心静下来,想不到才这么三两句,你就明白了。"

两人下完一盘棋,《警情通报》的直播也开始了。孟妍介绍了这几天的几起案件,对于蜂鸟社区的那起命案却一字未提。

节目结束了,高峻关掉了电视机。阎钊随手拿起两枚木质棋子,若有所思地说:"高峻,你觉得,这起案子里的第三人看了这期节目,他会怎么想?"

高峻说:"他一定会很疑惑,而且还会很不安。因为当初他精心布置了一个正当防卫的现场,他肯定以为这个圈套足以迷惑警方,让警方看不出这其实是一场谋杀。但是,至今警方也没有对这个案子下结论,他就无法知道自己的伪装是不是得逞了。我猜,这个第三人一定不会坐以待毙,原地不动等警方根据线索找到自己,他一定会做些什么来扰乱警方的调查方向。"

阎钊低头沉思了一会儿,说:"我看未必。"

高峻正要飞起一只"炮",吃掉阎钊的一个"马",一听阎钊这么说,手里的动作停下了,说:"那您觉得这个第三人会怎么想?"

阎钊说:"我觉得他已经把所有的牌都打完了。上周五的这场谋杀,准备起来少说也需要三五个月,这人一定把所有的牌都在杀人现场打出来了,不可能还留着后手。"

这时,孟妍回来了。她一进门就说:"阎叔,这案子咱们下一步怎么调查?"

第十章 困局 183

阎钊把两个棋子攥在手里,捏得吱吱作响,说:"根据现有的证据,这两个死者原本并不认识,生前也没有任何交集,对吧?"

高峻和孟妍点点头,阎钊接着说:"这意味着,凶手其实仅仅想杀其中的一个人。"

孟妍说:"那凶手想杀的究竟是谁呢?是桑丽菁,还是阮文斌?"

阎钊说:"凶手提前一个月,用高昂的租金租下房子,显然是利用桑丽菁来制造圈套。这个圈套真正的目标就是阮文斌。"

高峻说:"这个凶手,一定就是曾经给过桑丽菁一部高档手机,又在杀了她之后把这部手机拿回去的人。"

忽然,孟妍一拍脑袋,说:"这起案子,会不会是'仙人跳'?"

高峻侧脸看着她说:"你怎么会想到'仙人跳'?'仙人跳'都是求财的,怎么会弄出两条人命来?"

他们所说的"仙人跳",是一种诈骗手段,是先利用某个年轻女人的美色,将男人引诱到某处,然后向男人勒索钱财。

孟妍说:"反正除了'仙人跳',我想不出为什么阮文斌会来到桑丽菁的公寓里。"

高峻说:"说不定她是装作喝醉了酒,不省人事了,阮文斌这才送她回家。再说了,阮文斌的钱包还在身上,如果他真遇到了'仙人跳',那他的钱包还保得住吗?"

孟妍说:"倒也是。"

阎钊摆摆手:"'仙人跳'的手段,说不定还真的在这起案子里用到过。你们想想,如果桑丽菁没这么年轻漂亮,或者说她其实是个男的,会有别的男司机愿意送她回家吗?"

高峻说:"咱们技术科的小刘不是也说过桑丽菁那辆自行车没有任何故障吗?她放着自行车不骑,深夜时分硬要找辆顺风车,可见,她的目的就是要把阮文斌骗到自己家去。"

阎钊默不作声地站起来,手里仍然把两个象棋棋子攥得咯咯作响。忽然,他回头说:"你们在阮文斌家阁楼上发现的两只纸箱子里,都是他从前上学时的东西?"

高峻和孟妍不知道他为何突然问起这个,都点点头。

"还都密密麻麻捆得特别结实?"

两人又点点头。

阎钊转过身,看着他们说:"你们不觉得有什么不对劲吗?"

两人愣了一下,孟妍眨眨眼,小声说:"阎叔,我从前上学的课本、作业本那些东西,我妈也都一直留着……"

阎钊摆摆手,说:"把这些都留着,一点儿不稀奇。你们要好好想想的是,他为什么要这么仔仔细细地密封起来?"

孟妍脱口而出:"里面肯定有对他特别重要的东西!"

阎钊缓缓地点点头。

高峻对孟妍说:"既然这样,那看来咱们要返工了。这两只箱子,咱们每人一只,今晚就和它们铆上了,一定要查清楚阮文斌为什么对里面的东西这么看重!"

阎钊看了看墙上的石英钟,说:"你们有发现的话,随时给我打电话。"

这个时候,他们三人谁也没想到,一个巨大的秘密将在这个夜晚被揭开。

这个秘密,险些被他们错过……

这个晚上,彻夜未眠的还有谢思慧。

晚上8点,她还和平常一样,面前放着一杯矿泉水,蜷坐在沙发上,和谢俊国、曹春枝一起观看《警情通报》。

节目播完了,出现在电视屏幕上的那个女警察没有一句提到蜂鸟社区7号楼1102号公寓的命案。这个案子这一阵子已经成为本市居民们的热点话题,很多人在这个时间打开电视,就是想知道一下这个案子如今进展如何,但是,二十分钟的节目都播完了,没有任何关于这个案子的报道。

这个三口之家里,对这个案子最上心的就是曹春枝。这两三天,她整个白天都在期待晚上的《警情通报》。可是,每看一次,她就失望一次,前两天,关于这起案子都是只有一句话,而今天,更是完全没有关于此案的任何信息。节目一播完,曹春枝马上抄起遥控器换台,嘴里不满地嘟哝着:"前几天那个蜜蜂小区的那个案子,怎么还没个结果?"

谢俊国慢条斯理地拉着长音说:"什么蜜蜂小区?人家那叫蜂——鸟——社——区。"

"管他什么鸟!我再也不操心这事儿了,白给自己找罪受。"

说着,她站了起来,去给自己和谢俊国打洗脚水。

房间里的暖气明明很足,可谢思慧仍然感到一丝寒意,她把睡衣裹得紧了些,并努力往沙发深处蜷缩着。

《警情通报》里没有一句涉及阮文斌、桑丽菁的案子,大大出乎她的意料。从开始复仇的第一天起,她就格外关注这个节目。她知道,对于市民们非常关心的案子,这个节目却丝毫不涉及,这是前所未有的。

她猜想,这个案子一定已经走到了一个她所不希望的方向。原因很简单,如果警方没能看穿自己的精心布置,把这个案子当成自卫杀人,在案发三天后完全可以做出结论,并且在《警情通报》里通报给市民了。

今天的《警情通报》没有涉及此案,只能表明一件事:警方没有被案发现场的情况所迷惑,对此案有了新的发现。

难道自己真的在什么地方露出了破绽?

曹春枝帮谢俊国洗完脚,就推着他去卧室了。临走前,曹春枝问谢思慧要不要关掉电视,谢思慧正在走神儿,她惊得一哆嗦,这才说:"不用,我还不想睡。"

曹春枝和谢俊国互相看了看,不知道女儿刚才在想什么。但他们也没再说什么,曹春枝把电视遥控器放到谢思慧身旁,然后推着谢俊国回卧室了。

电视里正在播放一部老电影,这是一部黑白喜剧片,屏幕上的那个男主人公,正试图追上一辆徐徐启动的公共汽车。汽车司

第十章 困局 187

机似乎有意逗弄他,把车开得时快时慢,每当这个男人即将抓住车门时,他都会突然加速,汽车猛地向前冲去。这个男人尝试了几次,再也跑不动了,累得趴在地上。车上的乘客一个个从车窗里探出脑袋,齐声嘲笑着这个倒霉蛋。

谢思慧把电视调成了静音,她在一片寂静中抱着膝盖,眼神空洞地看着电视屏幕,忽然之间对那些幸灾乐祸的乘客充满了仇恨。

"如果我是那个人,就冲上去一把火把整辆车烧了!"

她被自己心里冒出来的念头吓了一跳,赶紧跳下沙发,站在窗前,努力做了几个深呼吸,平复着情绪。

警方会不会发现这个阮文斌与从两年前死在自己手里的张义强、十年前死在自己手里的杜庆发有着隐秘的联系,最后查到自己身上?

她非常庆幸的是,这三个人的死因截然不同。杜庆发死于触电导致身体机能极大受损,张义强死于中毒,阮文斌则是死在一个单身年轻女人的公寓里。

但是,她相信,这三个人之间,除了曾经一起轮奸自己,一定还有着其他的联系。

警方一旦掌握了这种联系,说不定就会发现这三起案子的可疑之处,最后查明自己就是杀死这三个人的凶手。

谢思慧关了电视,在落地窗前久久站着。

凌晨2点。

因为工作性质的特殊性,公安局大楼仍然有不少窗户亮着灯。刑警队的办公室就是如此,此时,高峻和孟妍正一人守着一只纸箱子,仔仔细细翻看着里面的各种成绩单、作业本、试卷之类。两人的分工是,高峻查看他的试卷、作业本,孟妍查看他的成绩单。

因为几天来一直没有好好睡觉,忙碌到了这个时间,高峻和孟妍虽然年轻,但也都筋疲力尽了。

孟妍重重打了个哈欠,直起腰来,懒洋洋地活动了一下四肢,说:"这个阮文斌,实在太厉害了,整个中学阶段,考试成绩就没低过80分。"

高峻往椅背上一靠,揉着自己的太阳穴:"我刚刚倒是看到一张他才得了70分的试卷。"

孟妍继续活动着自己的全身关节,边活动边说:"那也够不错了。我是从高三倒着看的,这会儿看到初二了,还没看到你说的这个分数。"

高峻一听这话,神色变得狐疑起来,停下了手上的动作:"他的考试试卷我刚看完,我是从初中往高中看的,明明看到过他有一次只得了70分。"

他一下子来了精神,在刚才已经查看过的一大沓试卷里又翻找起来。很快,他抽出其中的一张试卷看了起来。

孟妍也凑了过来。他们看到,这是一张数学试卷,考试时间

第十章 困局

是 1989 年 1 月 13 日,考试科目是数学。

在这张试卷的顶端空白处,是用红笔写下的考试成绩:70。

同样是在试卷顶端,还有班级、姓名的字样。当时,阮文斌正在读高三,这次考试,是高三上学期的期末考试。

高峻把这张试卷从头到尾看了一遍,发现阮文斌之所以得分比自己平时的成绩低很多,是因为他没注意到试卷背面还有一道二十分的大题。

"学霸也有疏忽大意的时候。"孟妍叹口气,"但我怎么没在成绩单上发现这个成绩呢?难道我也疏忽大意了?"

她回到自己的座位上,把头一低,在自己的纸箱子里找了起来。没几分钟,她大喊一声:"找到了!"说着,她高高扬起一沓纸。她一边翻着,一边嘟囔着:"阮文斌中学时的成绩单都在这里!我明明记得,这些成绩单里没有低于 80 分的呀。"

终于,她找到了高三上学期的成绩单,各科的成绩都在上面。但是,在"数学"这一栏里,他的分数却是 90。

孟妍皱着眉,足足看了一分多钟后,朝高峻扬了扬成绩单。等高峻走过来,她说:"这个成绩单有问题。你看这里——"

她指着数字"9"说:"你看这里,这个 9,明显是从 7 涂改过来的。"

高峻点点头:"试卷是老师批改完后直接发给学生的,成绩单是班主任汇总后,再发给学生的。其实,这份成绩单发给学生后,除了给学生自己留着,就毫无用处了。那他为什么还要涂改呢?"

两人迷惑起来,愣愣地站在原地,都在琢磨阮文斌为什么要改成绩单。

孟妍自言自语:"除非,成绩单还有别的用处。"

她的话提醒了高峻,他眼睛一亮:"成绩单一般来说也会计入学籍档案。阮文斌当初是保送上的大学,这也就意味着,他如果不涂改成绩单,这次考试成绩这么差,说不定就会失去保送的资格!"

孟妍使劲拍手:"一定是这么回事!只有这样,才能解释为什么他的试卷上和成绩单上的分数不一样!"

两人刚兴奋了没一会儿,脸上就慢慢平静下来。毕竟,就算他们的发现是真的,阮文斌是通过涂改成绩才获得了保送资格的,但对于这件十六年前的事,他们也看不出能和蜂鸟社区的命案扯上什么关系。

孟妍眨眨眼:"要不然给阎叔打个电话?"

高峻看了看墙上的石英钟,说:"都已经这个点儿了,阎叔肯定早睡了,但还是要打!阎叔不是让咱们有了发现,就给他打电话吗?"

他拨通了阎钊的电话,阎钊一听他们有发现,马上就说自己这就过来。阎钊就住在局里的家属院,放下电话十分钟后,他就来到了刑警队。他听了高峻的汇报,默不作声地把成绩单和试卷都细细看了一番,这才说:"这条线索应该追查下去。虽然这件事已经是十六年前的事儿了,但说不定就会通过某种方式影响到今天。"

高峻他们点点头,阎钊把成绩单和试卷放回纸箱子,在刑警队办公室里来回踱步。高峻和孟妍互相看看,不知道他在琢磨什么。

他给自己的大茶缸倒满开水,然后在办公室里来回走了几趟。猛地,他停下脚步,说:"你们查到过,这个阮文斌从前会每月给两个银行账号汇款?"

孟妍说:"是,连续汇了很多年呢,开始两个账号,后来是一个账号。"

阎钊说:"他大学一毕业,就开始汇款了?"

孟妍点点头:"这两个账号的户主是同一个人,这人我们也查到了,是本市郊区的一个农民,名叫陈双林,已经在1992年病死了。但即使在他死后,他账号里的钱也每月准时到账。他的老婆还在世,说他的身份证丢失过。也就是说,他名下的账号,很可能是被别人冒名顶替,用他丢失了的身份证办的。"

"哦,这个人的身份证丢失过?"阎钊慢慢踱着步。

过了一阵子,他继续说:"好,现在是凌晨了,你们都回去补一觉。你们养足了精神,就去查明这两件事,"他慢慢喝着大茶缸里的水,说:"第一,你们要到阮文斌当初的中学和大学了解一下当初保送的情况。第二,你们要到那个叫陈双林的农民家里和村子里了解一下情况。看看这两个调查能否有什么收获。"

两人此时已经把两只纸箱子又彻底检查了一遍，没发现其他可疑之处。于是，两人就按照阎钊的要求，各自回家了。

一觉醒来，两人匆匆洗了个澡，吃了早饭，就赶到了局里。他们跟队长说了今天的行动计划，就先驾驶警车，到了阮文斌就读过的中学和大学。

在大学招生办，接待他们的是一名年轻教工。这名教工看过他们的证件后，到档案室拿出了历年保送生的学籍档案。在阮文斌的档案袋里，孟妍他们很快找到了那次成绩单。和他们昨晚看到的那份成绩单一样，阮文斌的数学成绩，同样由70分被涂改成90分。高峻把涂改处拿给这名教工看，又问他："如果成绩单上的分数是70分，是否会对阮文斌产生影响？"

"如果这次考试成绩只有70分，他肯定不会被大学接受为保送生的。这是高三第一学期的期末考试，也就是说，这是在高考前，最能看出一个学生学习成绩的考试。"教工很坚决地说。只是，毕竟是十六年前的事儿，当时招生办的老师已经在十年前退休，并且在三年前去世了。

两名刑警又去了阮文斌当年的中学。幸好，阮文斌高三时的班主任，一位姓蔡的老师尚未退休，而且他恰恰就是阮文斌的数学老师。高峻和孟妍被校办的工作人员带到蔡老师的办公室时，他还在批改学生作业。

他们打量了一番这个办公室，这里位于教学楼的一层，窗外是大片浓密的冬青，办公室的四个角上有四张办公桌和四个书柜,看来分别属于四位老师。

蔡老师知道高峻他们的来意后,他告诉两名刑警,自己至今对阮文斌在高三上学期期末考试的数学成绩念念不忘——

"文斌这孩子,成绩一向在班里是第一,可惜的是,就那次考试,他没注意到试卷背面的那道大题,一下子丢了20分。当时,学校正好要向大学里送交保送生的学籍档案,我还担心,他的这次成绩会不会影响保送的事儿。幸好,他顺利被保送了,大概是大学那边看到他历年来成绩一向优秀,才没太看重这一次成绩不好。"

孟妍和高峻心想,看来这十六年来,这位班主任一直蒙在鼓里。高峻说:"您知不知道,当初大学方面看到的阮文斌中学时期成绩单上,他那次的数学考试成绩是90分?"

蔡老师摇摇头,把高度近视眼镜使劲往上一推,不以为然地说:"这怎么可能?成绩单上的分数,都是我根据试卷上的打分,一个个填上去的。"

高峻说:"保留在阮文斌手里的成绩单,和大学招生办公室里的成绩单,我们都已经看到了,在每一张成绩单上,70分都被改成了90分。"

蔡老师一下子愣住了,看得出他正在一点点相信高峻的话。过了一分多钟,他这才长长地叹了口气:"文斌这孩子——这么刻苦勤奋的孩子,真想不到他能干出这种事儿。"

高峻说:"您是否还记得,如果他涂改成绩单的话,最好的时机是什么时候?"

"当然是我已经填写完,还没送到教务处时。"蔡老师苦笑一声,"我在这个办公室里已经工作了二十多年,平时一般有四名数学老师使用这个办公室。只要是这四个老师的学生,谁都有可能到这里来。如果真是我的学生要涂改成绩单,其实也不难,只要找个我不在的时机来这里,趁着别的老师不注意或者不在,就可以改了。但是,我相信没有哪个学生有这样的胆量,毕竟他们都是孩子呀。"

说到这里,他顿了顿,眼睛里闪动着泪光:"我当了这么多年的老师,学生全市到处都是,阮文斌本来是最有出息的一个。他从前学习那么刻苦,成绩那么好,我本来以为他肯定能读到硕士、博士,想不到他本科一毕业就上班了。幸好,他后来把那个商场经营得挺好,也算干出了一番事业。但让人想不到的是,他这么年轻,就这么奇奇怪怪地死了,唉……"

他的话还没说完,泪水已经顺着他满是皱纹的脸淌了下来。

出了中学校园,两人驾车朝市郊驶去,他们的下一站,位于本市北部一个远郊县。这个县有一半都是山区,那位神秘的"陈双林"户籍所在地勤民二村更是坐落在山沟深处。

离开了市中心,路面上的汽车渐渐少了,两人还在回想着刚才调查得来的信息。孟妍说:"知道了阮文斌当初的成绩单被涂改过,当时蔡老师的神色,简直比看见外星人还震惊。"

第十章 困局　　195

高峻说:"他看来真是为阮文斌伤心了。"

孟妍回想着整个案情,说:"关于阮文斌的情况知道得越多,就越觉得这个案子不会是自卫杀人这么简单。"

高峻说:"说起阎叔的经验,那是没说的。他指点别的警察,帮别人破案的事儿,没有一百次,也有八十次了。但是,这次他让咱们去查这个叫陈双林的人,我有点不理解。这种冒用他人身份证开设银行账号的事儿,咱们知道得还少吗?这样的事儿,都是冒名顶替者从那种专业的贩子手里买到别人真实的个人信息,然后去银行开户的。而别人真实的个人信息,泄露的渠道太多了,所以,这种事情根本没有任何线索能查到那个陈双林的个人信息是如何泄露的。"

两人开车进了山,又沿着盘山公路一通绕,才到了勤民二村。他们先去村委会找到村主任,出示了证件,说明了来意。村主任给他们介绍了陈双林的情况——

"陈双林和孙明秀呢,他们两口子都是老实巴交的农民,一辈子踏踏实实地种地过日子,没干过缺德事儿。让人想不到的是,双林年纪轻轻,就得上了癌,本来两口子就没攒下什么钱,四下里好容易借来的钱,都扔给医院了,可最后还是没保住命。"

孟妍说:"他妻子再婚了吗?"

村主任使劲晃着脑袋:"没有,她光债就欠了十来万,还拉扯着个半大小子,谁敢娶她?"

说完,村主任倒背着双手,带着两名刑警出了村委会,朝陈双林家走去。他们远远看见两间土坯房,房顶杂草丛生,院子只剩下一扇歪歪斜斜的破门,村主任说:"那就是双林家。"

他们走到院门口,只见院子里一个看上去约莫四十岁的女人在用一只塑料盆洗衣服,房间里则是黑乎乎一片,什么也看不清。高峻和孟妍互相看看,心里都在想,即使在农村,她家的生活条件大概也是很差的。

"明秀啊,这两位是城里公安局的,他们来找你问点儿事儿,你可要说实话。"村主任说着,把高峻和孟妍的来意告诉了她。她站起身来,在衣襟上擦擦手,用力点点头。

孟妍接下来问孙明秀对于陈双林丢失身份证的事儿,她还有没有印象。

孙明秀先是一愣,眼神里掠过一丝惊恐,马上说:"双林从前是丢过身份证,到底啥时候丢的,我也记不清了。"

这与从前调查到的情况完全一致。村主任也说:"高警官,孟警官,上次你们打电话来的时候,我就来问过,她那时就说陈双林的身份证的确丢过。"

高峻低声说:"她的神色看起来不太自然。"

孟妍说:"嗯,我过去问问。"

她走过去,说:"嫂子,我们这次来,是关于一起案子的。这起案子涉及两条人命,现在我们只需要你把真实的情况告诉我们,我们不会为难你。"

孙明秀使劲在衣襟上擦着手,把高峻和孟妍两人来来回回地打量着,脸上的神情越来越紧张。村主任朝她摆摆手,说:"明秀,你听听,这事儿连着人命呢,咱们可不敢耽误人家公安局同志的正事儿啊。"

孙明秀点点头,过了一分多钟,她这才嗫嚅着说出一番话。原来,陈双林的身份证并未丢失过,但他曾经借给过别人。那是在因病去世的前一年,陈双林因为无力支付医药费,蹲在医院门口大哭。这时,两个年轻人说如果他肯把自己的身份证借给他们用一下,可以给他两百元。

陈双林知道身份证不能借给别人,但当时已经身无分文,别说手术费、医药费,就连回家的两块钱长途汽车票都买不起了,所以他就答应了他们。

至于为何上次孙明秀会对村主任说陈双林的身份证丢失过,是因为她觉得这么说的话,别人拿着这张已经丢了的身份证,无论干什么坏事,都和自己没关系。

两人回到刑警队,已经过了下班时间,阎钊一个人坐在空荡荡的办公室里,面前摆了棋盘,正在自己和自己下棋。

"阎叔,这个陈双林的身份证真的借给别人过!"

阎钊从棋盘上抬起头,不紧不慢地说:"我猜也是。这个陈双林是本地人,别人用他的身份证在本地的银行开户,肯定是通过他本人办的。而且,使用他的身份证的人,还知道他很快就会去世。否则，他们就不怕陈双林把钱从自己名下的账号里取走？"

高峻扯过把椅子，坐在阎钊面前，说："阎叔，您在局里动动脑子就能琢磨出来的事儿，我们必须去调查才能查得出来。以后这些本事，您可得多教教我们。这盘棋我陪您下。"

孟妍看了一会儿两人下棋，说："阎叔，但是现在还是不清楚当初阮文斌究竟为什么要给这两个人转账，难道真的和他涂改期末考试成绩单有关？"

阎钊低头看着棋盘，慢条斯理地说："给这两个账号转账，显然是他被人敲诈勒索了，能成为别人手里的把柄的，除了这件事，还有别的吗？"

孟妍说："能让他被连续敲诈了十年，对他来说一定是一件很重要的事儿。而且，从时间上看，他第一笔转账发生在他参加工作后领到第一笔工资时。嗯，一定就是这件事儿！我觉得，他这次在蜂鸟社区的那个1102号公寓里被人给杀了，也和这件事儿有关系！"

高峻说："但现在还是无法查明这两个敲诈勒索他的人的身份。唯一的线索，就是和阮文斌上过同一所中学，因为只有这所中学的学生，才有机会看到他涂改成绩单。"

"那还是和大海捞针差不多。今天我们从学校教务处了解到，阮文斌上高三时，那个学校每个班至少五十个人，每个年级八个班，从初一到高三，一共有两千五百多名学生呢。这么多学生，如今到了哪里谁也不知道，这可怎么查。"孟妍说。

第十章　困局　199

两人看着阎钊,阎钊眼睛紧紧盯着棋盘,眼皮都不抬地说:"你们别看我,我也没办法。就算我去求局长,局长也不会同意对这些人进行摸排的。那样的话,占用的警力资源、造成的社会影响都太大了。"

　　两人交换一下眼色,都撇了撇嘴。阎钊说:"你俩别挤眉弄眼的。等下完这盘棋,都给我回去好好睡一觉。你们好几天没正经睡觉了吧?你们不是想跟我多学几招吗?那我告诉你们,这一招,就叫作有机会好好睡觉时,一定要把握好机会。咱们干刑警这行,说不定什么时候就得几天几夜没觉睡。"

　　接下来的几天,案情并没有太多进展。高峻和孟妍还接了几个别的案子,有的是盗窃,有的是抢劫,这些案子线索都很清晰,他们很快就破案了,但他们并没有淡忘蜂鸟社区的这起命案。

第十一章　复盘

一周后的一天早上,高峻开车上班时,还没到公安局大门,就远远看到门口站着一个矮个儿男人,穿着一件样式很落伍的羽绒服,挎着一个更老式的黑色皮包。他从背影看这人似乎不陌生,正在门卫室那里填写什么。他知道,那肯定是在填写访客登记表。

车到了公安局门口,那个访客填完表,正抬起头,高峻看到他脸上厚如瓶底的近视镜,认出他是阮文斌当年的班主任蔡老师。

高峻带蔡老师进了办公室,这时孟妍也来上班了,给蔡老师倒好了茶水。

蔡老师的神情看起来很紧张,他从皮包里摸出一个旧硬面笔记本,放在两名刑警面前。高峻看到,这个笔记本封面早已开裂发脆,上面是两个小学生高举着宇宙飞船模型的图案,一看就是十多年前的东西了。

蔡老师显然对自己会来刑警队毫无思想准备,他浑身有些哆嗦,喉结也不停地抖动着,嗫嚅着说:"这几天,我在收拾从前的东西时,找到了阮文斌上高三那年的教学笔记。我当了二十多年的老师,每天都记教学笔记。我找到了高三上学期期末考试后,我填写成绩单那天的情况。"

他打开笔记本,指着其中的一页,说:"你们看,那天我是这么写的:'下午填写成绩单,每人一式两份,至晚6点15分方填完,锁办公室门,待明日一早将成绩单交至教务处。'从这里来看的话,那天我填完成绩单时,别人都下班了。"

高峻稍一琢磨,说:"您的意思是,当天您就把成绩单填写完了,然后第二天清早就上交了?"

蔡老师点点头。孟妍神情疑惑,说:"这么说的话,阮文斌压根儿没机会改成绩单啊,更不会被人看到。"

蔡老师赶紧说:"他有机会。当天晚上,他需要上晚自习,有机会到我办公室来改成绩单,这件事儿也有可能被别的上晚自习的学生看到。"

孟妍说:"有多少学生当晚上晚自习?"

蔡老师:"不是所有的在校生都要上晚自习。这方面的规定,学校已经多年没变了,一直都是初三和高二、高三这三个年级要上晚自习,因为初三的学生要准备中考,高二、高三的学生要准备高考。"

高峻和孟妍互相看了看,此时他们都明白,蔡老师的这一页教学笔记一下子把查找范围缩小了一半,由六个年级缩小到了三个年级。

蔡老师上午还有课,把那本教学笔记留下就匆匆离开了。阎钊后脚就进了办公室,孟妍兴奋地朝他一挥笔记本,还没等他坐稳,就把刚才的情况原原本本说了一遍。

高峻说:"这么一来,只需要调查当年初三和高二、高三这三个年级的男生就行了。阎叔,您觉得这个时候,局长能同意在这个范围内进行摸排了吗?"

阎钊的神情始终很沉着,他往茶缸里续上新茶叶,倒上开水,吹了吹热气,这才说:"不行。摸排这种办案的方法,必须谨慎使用。这个案子眼下的情况,就算是查到当初是谁看见了阮文斌涂改成绩单,又能证明什么?只是为下一步的侦查提供了新的线索。"

孟妍眼睛里的光彩暗了下来,阎钊抿了口茶水,又说:"不过,这说明一个问题,就是虽然阮文斌涂改成绩单是十六年前的事儿了,但要查清楚这件事还是有希望的。今天是这份教学笔记,说不定还会有别的什么证据。只要我们的调查是在正确的方向上,那破案是迟早的事儿!"

又一周过去了。

这天下午,刑警队里暖气烧得很热很旺,刑警们都趴在各自的办公桌上写着年终总结。刑警们都喜欢热气腾腾的一线工作,最烦各种案头琐事,但这些文字工作也是必须做的。局长要求每人都要利用写总结的机会,把自己的办案体会好好梳理一下。刑警们写得昏昏欲睡,只有高峻和孟妍因为还没想好如何写蜂鸟社区的这起案子,迟迟无法落笔。

这时,高峻的手机铃声响了起来。

"是民勤二村的那个村支书打来的!"

高峻看着手机屏幕说着,按下了接听键。他还没听到一分钟,脸上神情已经变得异常惊讶,眉毛都竖了起来。

孟妍一看不对劲,马上凑了过来。她瞪大眼睛盯着高峻,想从他神色的变化来揣测这通电话的内容。

可是,高峻的表情很快从最初的惊讶中缓和过来,他慢慢地点着头。

孟妍越看越着急,终于,三分钟后,高峻挂断了电话。

孟妍赶紧问:"是不是有新线索了?那个村主任还说什么了?"

高峻摇摇头:"是孙明秀借用村主任的手机打来的。孙明秀说,她想起来一件事,十三四年前,陈双林把自己的身份证借给别人开设银行账号那天,他回到家里时,还带回一件深蓝色的运动衣。他说,自己家的小子一直想要一件那样的衣服,当时借他身份证的两个年轻人里,正好有一个矮个儿穿着这种运动衣,虽然有点旧了,看起来穿过几年了,但家里孩子肯定喜欢,他就找那个矮个儿要了这件衣服。"

"那件衣服还在吗?"

"那件衣服没穿几次就丢了。那是有一次孙明秀洗完衣服在院子里晾着时,不知被谁拿走了。"

孟妍一歪头,边想边说:"这件运动衣,会不会是阮文斌那所中学的校服?"

高峻说:"很有可能,我给蔡老师打个电话问问。"说完,他拨通了蔡老师的电话。

蔡老师告诉他,学生的校服,每个年级都不一样,阮文斌上高三那年,高三的校服是红色的,高二是深蓝色的,高一是绿色的,初三是浅蓝色的。

孟妍说:"也就是说,当初敲诈勒索阮文斌的那两个人,在阮文斌高中毕业那年,正在同一所中学读高二?这么一来,范围一下子只剩三分之一了。"

高峻眉头一挑:"不到三分之一。"

孟妍不明所以,纳闷地说:"不到三分之一?这是什么意思?"

"孙明秀刚才在电话里说,那件运动衣,当时她儿子穿起来正合适。她儿子那年十三岁,刚上小学六年级,身高一米六。这个身高对于一个高二男生来说,显然是比较矮的。孙明秀也说,她还想起来,当时陈双林说过,那个借用他身份证的矮个儿男生,个子的确和自己家儿子差不多高。"

"那范围真的小多了!"孟妍兴奋地一拍手,说,"咱们这就去那所学校,找到阮文斌高三那年的高二年级学生体检表,就知道有多少人当时身高在一米六左右了!"

两人当即扔下写到一半的年终总结,驾驶警车去了那所中学。他们在档案室找到了十六年前的体检资料。他们查到,那一届高二一共有学生四百一十七名,其中男生两百一十四名。在这里面,身高在一米六三以下的,一共十七名。

他们在这个名单里还看到一个熟悉的名字——张义强。

刚从学校档案室保存的当年体检表里看到这个名字时,两人大吃一惊。孟妍瞪大眼睛看了几遍,又回忆着两年前自己查过的那个案子,才确定这个张义强就是两年前那个服用药酒过量导致中毒死亡的张义强。她指着体检表上的名字,说:"难道咱们当初弄错了,那个张义强不是死于意外?如果张义强和蜂鸟社区的这个案子有关,那么,这个案子查到最后,我们很可能会发现,张义强的死也不是意外。"

在调查那个案子时,因为实在找不到他杀的痕迹,也找不到别人杀他的动机,案件最终以意外结案。但是,这件事还是深深印在两人的记忆里。

高峻也回想着当初调查时获得的关于张义强的各种信息,皱起了眉头:"现在张义强的名字再一次出现在我们面前,难道真的是巧合吗?说到底,我们还是要把现在的案子查得清清楚楚。"

孟妍拍拍自己的脑门,说:"你还记得吗?当时阎叔提醒我们,说有可能是张义强出钱给卖假药的那两口子,让我们调查张义强是不是真有这笔钱,如果有的话,他的钱又是从何而来。"

高峻点点头,说:"当时咱们查来查去,查不到刚刚出狱的张义强有任何赚钱的门路,最后只得放弃了这条线索。这次,虽然张义强不可能是杀死阮文斌和桑丽菁的凶手,但咱们也不能轻易放弃,一定要把张义强和这个案子的关系查个清楚。说不定,打到陈双林那个账户里的钱,就是被张义强取走了。"

他们从学籍档案里记下了这十七个人的家庭地址,当即开始挨家挨户进行走访。

毕竟十六年过去了,这十七个人里面,有十二个人的家庭地址发生了变化,有些人的地址变化还不止一次。

足足做了两天的调查,高峻和孟妍几乎跑遍了全市的每一个角落,才把这十七个人目前的情况全部掌握到。

"十七个人里,有四个已经去世,分别是因为意外、疾病,可以排除掉。至今健在的人里,有五个人也可以排除。因为我们找到他们时,他们正穿着或者马上找出了当年曾穿过的校服。还有三个人分别在十年前、五年前、两年前移民国外,我和海关联系过,他们证实,这三人最近半年都没有回国记录,也可以排除。"

这天下午,他们回到刑警队,先是把十七个人的姓名写下来,然后根据调查到的情况,把姓名一个接一个地画掉,发现只剩下五个人有可能和阮文斌之死有关。

看着这个越来越短的名单,高峻一阵阵兴奋,他觉得自己当上刑警之后所遇到的最重要的一起案子,即将水落石出!

孟妍却久久盯着桌上的名单,脸上神情显得很复杂。过了一会儿,她才说:"我觉得不对劲。这个名单上的五个人,其实咱们今天和昨天找到他们,他们听说我们正在调查阮文斌被杀的案子时,都非常惊讶于为什么咱们会找到他们头上。我觉得他们当时的神情,真不像是装出来的。"

高峻脸上的兴奋慢慢冷却下来,他双手抱肩,慢慢地说:"你说的这些,和我的感受是一样的。现在我也有些怀疑,咱们是不是误入歧途了?说不定阮文斌被杀,就是一起非常简单的自卫杀人案。他是在对桑丽菁图谋不轨时,被对方自卫杀死了,最后两人同归于尽。阮文斌是不是被敲诈过,和他被杀没有什么关系。"

孟妍默不作声,在笔记本上胡乱涂抹着。她心里同样在想,自己这段时间的调查真的有意义吗?有必要对一起看上去非常清楚的自卫杀人案件进行这么久的调查吗?

两人又盯着名单看了一阵子,都有一种无力前行的感觉。他们商量着,既然没有别的线索,明天就只好按照眼前的这条线索,再去逐一调查这五个人。

他们默不作声地收拾好东西,有气无力地相互打了个招呼,各自走出办公室。

第二天早上,这段时间一直都是第一个和第二个来到刑警队办公室的高峻和孟妍,比平时晚了一些才来。可是,等他们前后脚进了办公室,却发现里面空无一人。平常这个时间,这里的各个办公桌前已经基本坐满了人。

两人正面面相觑,忽听门外传来一阵急促的脚步声,接着房门被推开了,露出的是旁边治安大队副队长呼永民的紫棠方脸。

"你们还不知道吧,老阎今儿早上在家里突发心梗,现正在人民医院抢救,我正要过去看看呢。"呼永民说完,也不等他们回答,就急匆匆地跑了出去。

高峻和孟妍大惊失色,孟妍泪珠马上就成串掉了下来,他们正准备追上去问问呼永民的具体情况,高峻的手机响了。他低头一看,是局长打来的电话。他赶紧按下接听键:"局长,阎叔他怎么样?"

孟妍不由自主地攥紧双拳,紧紧盯着高峻的神情,生怕他露出悲痛的神情或者大哭起来。她看到高峻的面部始终紧紧绷着,猜不出他从电话里听到的内容。足足过了五分钟,高峻才挂断电话,慢慢坐了下来。

孟妍急忙问:"阎叔怎么样?是不是还在抢救?"高峻摇摇头:"抢救结束了,手术还算成功。"孟妍用手拍着胸口:"谢天谢地,老天开眼。"她刚觉得有些轻松,却发现高峻的神色还是很严峻,笔直地坐着,一言不发,整个人就像焊在椅子上一样。

她一捅他的肩膀:"局长还说什么了?"

"局长说,阎叔还在术后昏迷中,没有完全脱离危险。而且,局长说——"说到这里,高峻已经哽咽起来,再也说不下去了。

孟妍的眼泪大颗大颗地滚落下来,她重重捅了一下高峻的胸口:"局长还说什么了?你倒是说啊!"

"局长说,阎婶告诉他,昨晚十点多,阎叔又到队里来了,还给咱们煮了两碗面。"

两人再也忍不住了,捂着脸哭了起来。高峻说:"局长最后说,让咱们在队里值班,他们安排好住院的事儿就回来。"孟妍点点头,小声抽泣着坐到自己的桌前。忽然,她发现了什么特殊的东西,嘴里咦了一声。

她看到,自己昨天下午放在桌上的名单上,多了一条重重的黑线。这道线,画在她和高峻这两天所查到的当年那十七个高二男生中已经去世的四个人姓名下方:

李栋、张义强、刘茂生、冯海波。

李栋,生前是本市路政建设工程公司的一名工程师,在两年前的一次交通事故中,被一辆刹车失灵的超载货车撞死。

张义强,职业司机,曾经因为抢劫罪入狱八年,生前最后一份工作是为两名药贩子开车,两年前因药酒服用过量,中毒而死。

刘茂生,生前无固定职业,靠打零工为生,两年半前刚刚入冬时在室内烧蜂窝煤取暖,而炉子是三无劣质产品,导致一氧化碳中毒而死。

冯海波,市民政局公务员,五年前死于癌症。

这时,高峻凑了过来,他看看名单,说:"这道线一定是阎叔到队里来的时候画的!"孟妍满脸不解:"阎叔在怀疑他们?这四个人里,最后一个都是在一年多以前死的,能和阮文斌被杀有关吗?"

　　高峻也纳闷:"我们觉得凶手肯定在活到了今天的当年的高二男生里,所以才准备去找那五个人。因为从目前的情况看,有可能是因为阮文斌在两年前停止了转账,导致对方报复,这很可能是这起案件的起因。难道咱们的思路整个错了?"

　　两人盯着阎钊留下的那道黑线,沉思起来。过了一会儿,局长和几名刑警回来了,告诉他们阎钊还处于昏迷状态,要等他清醒过来,才算真正脱离危险。

　　这天,办公室里几个刑警只觉得度日如年,终于到了下班时间,几个人一起去了医院。他们进了阎钊的病房,只见床头挂着阎钊姓名的那张病床上竟然收拾得整整齐齐,铺着雪白崭新的床单!

　　几名刑警都大惊失色,脑子里掠过一个不祥的念头,孟妍更是哭出声来。高峻定了定神,转身出去准备找护士问一下情况,一出房门,正看到阎钊坐在轮椅上,被护士推着,从走廊另一端缓缓过来。

　　"病人去做检查了,你让一让。"护士面无表情地对高峻说。这时,孟妍也看到了阎钊,她脸上还挂着泪水,只好咬紧嘴唇控制着表情。可过了两三秒,她还是控制不住,扑哧一声笑了起来。

　　阎钊坐回到病床上,护士告诉高峻他们,病人情况已经稳定了,但还需要在医院观察几天。高峻本想让阎钊好好休息。阎钊说:"我都在床上干躺了一天了,你们给我说说案情,我动动脑子,比干躺着舒服。再说了,我在你们那张纸上画了一道线,就是给你们出了个谜语,我正想知道你们猜没猜出来。"

高峻这才把自己和孟妍对案子的想法说出来,阎钊仔细听完,又低头看了看他们写在纸上的名单,说:"案子到了这一步,你们不知道该怎么往下走了,有那种走进死胡同的感觉,对不对?"

两人点点头。阎钊说:"你们想想,当你们真的走进一条死胡同,到了尽头,面前只有一堵墙的时候,问题究竟出在哪里?是你们最后的这一步吗?肯定不是,问题其实出在你们选择了一条错误路线的时候。路走错了,自然越走越窄,越走越错,最后的结果就是撞墙。"高峻试探着说:"您的意思是,我们调查的方向错了?但是,调查阮文斌从前的情况,是……"

"是我建议你们的,对吧?"阎钊仰头一笑,说,"你们再想想,你们到底是在哪一步把方向走错了?"说着,他用手指的关节敲了敲那份名单。高峻和孟妍低下头,重新慢慢看了一遍名单。过了几分钟,他们抬头互相看看,还是一脸茫然。

"怎么都不说话了?你们一个爱说,一个爱笑,很少见到你俩都这么一声不吭。"阎钊说,"我知道,你们觉得因为阮文斌停止转账,才导致自己被杀。而他之所以被人勒索,是因为他涂改试卷被发现。但是,你们想想,一个人拒绝别人勒索,后果一般都是隐私被曝光,很少是他本人受到伤害。而且,从实际情况来看,他涂改成绩单的事儿并没有泄露出来。这说明,他停止转账,一定有别的原因。他如今被杀,也一定有别的原因。"

孟妍眼睛一亮:"我知道了,一定是因为勒索他的人死了,他才不用继续转账了!这样的话,这个案子说不定真的和张义强有关!他很可能并非当初结论中所说,死于意外!当初就是他拿钱给那对卖假药的夫妻,而他的钱,就来自阮文斌连续多年的转账。当初我们之所以没有查到他有这笔钱,是因为银行账号根本不在他的名下!"

阎钊缓缓点点头。这时,护士板着脸进来了,说探视时间结束了。

几名刑警出了病房,高峻和孟妍商量好第二天开始调查那四名死者。在他们中间,死亡时间和阮文斌停止转账的时间最接近的,是司机张义强和工程师李栋。两人决定,第二天先去市路政公司,从在施工现场被水泥罐子车撞死的工程师李栋开始调查。

高峻回到自己住处,刚一进房门,就看到桌上已经摆好了晚饭。他的父亲站在阳台上眺望着夜景,母亲正坐在沙发上,不知和哪位打麻将的牌友打着电话。

他的父母很少来他这里,父亲因为经营公司应酬多,更是从未来过。他走过去和父母打过招呼,瞟了一眼桌上摆得满满的已经没有热气的饭菜,说:"文婶也来了?你们吃了?"

他说的文婶,是和父母住在一起,负责烧菜的保姆。她丈夫则是高峻父亲的司机。

母亲点点头:"文婶和文叔在楼下车里,我们都吃过了。"她看了看父亲的颜色,又说,"小峻,饭菜都凉了,我让文婶重做吧。"

高峻说:"不用,还不算太凉。"坐到桌边,端起饭碗吃了起来。

母亲坐到他旁边,说:"小峻,你看你又这么晚才下班,这份工作做得多累啊。我和你爸想和你一块儿吃顿饭都吃不上。在生意场上,你爸向来是别人等他,他可从来没等过别人。多少人想见你爸,想请你爸吃饭,都排不上号。可他再忙再累,都愿意花时间等你。你想想,自从你去了刑警队,咱们一家人多久没在一起吃饭了?小峻,你还是——"

高峻放下筷子:"妈,我都跟你说过多少遍了,我不会辞职的,我从小就喜欢当警察,就喜欢抓坏人、破案。我保证,等我手头这个案子破了,我好好陪你们吃顿饭。再说了,我也不懂经营。爸——"他扭过脸,朝向阳台上的父亲,"你的公司,还是聘个职业经理人吧。我要是去了,非把你这半辈子的心血给毁了不可。"

父亲朝客厅走进来,脸上浮现出怒容,母亲赶紧朝他摆摆手、使眼色,又指了指沙发。父亲板着脸坐下。母亲转向高峻:"小峻,聘不聘经理人,坐在董事长位置上的,也得姓高!把公司完全交给外人,你爸哪能放下心?你爸这几年身体越来越不好了,你就早点替他坐在这个位置上,让他省省心,也让他陪我去周游世界,了一了我的心愿,好不好?"

高峻说:"妈,你说的前后矛盾,一会儿说我现在的工作太累了,让我辞职,一会儿又说爸的公司需要我去操心,你到底哪句话算数?到底想让我累,还是不想让我累?"

刚说到这里,他的手机响了,是孟妍打来的。他赶紧推开碗筷,起身去阳台上接电话,把阳台门也紧紧关上。孟妍在电话里说:"按照阎叔说的,阮文斌先后停止转账的两个人,都曾经敲诈过他。那么,他在十年前停止转账的那人,应该也是在那个时间段死的。我刚让户籍科的大吴给查了一下,当年的高二男生里只有一个人是在十年前去世的,这人叫杜庆发。"

高峻兴奋地猛挥拳头:"对,你这招太高了,我怎么没想到?那我们明天再去一下那所中学,了解一下在李栋和张义强两个人里面,这个杜庆发到底和谁关系更密切!"

在客厅里,高峻父母虽然听不到他在说什么,但看着他兴奋的表情和肢体动作,知道他正全身心地沉浸在工作中。他对这份工作的热爱,实在是溢于言表。两人互相看看,又无奈地摇摇头。

第二天,高峻和孟妍去了阮文斌当年就读的那所中学,找到了当年高二的几个班主任。其中一位一听到李栋、杜庆发、张义强这三个人的名字,马上回想起来,说当年杜庆发和张义强两人学习成绩都很差,后来都没参加高考,而且两人经常一起逃学旷课。

还有一位班主任,李栋当年就在他的班上。他说李栋是当时有名的书呆子,一天到晚就知道看书做习题,他连本班女生都未必全认识,更从未听说他和杜庆发有过任何接触。

两名刑警又找到了蔡老师。蔡老师告诉他们,自己也不知道阮文斌当年和张义强、杜庆发两人有没有过接触。但根据自己的了解,阮文斌平时只知道学习,想象不出他会和这两个经常逃学旷课的差生有什么交集。

高峻和孟妍完成在学校的调查,已经是中午了。两人坐进警车。刚一坐稳,孟妍就说:"我看情况已经很清楚了,当初是杜庆发和张义强两个人看到了阮文斌涂改成绩单,就以此来要挟他,迫使阮文斌多年来一直按月给他们转账作为封口费。后来,阮文斌忍无可忍,先后杀了这两人。"

高峻没有急于启动车,他回想着刚才查到的情况和孟妍的话,缓慢地说:"那又是谁杀了阮文斌呢?当初阎叔说,有可疑的地方就要追查下去,眼下咱们的确查到了不少十多年发生的事儿,可这些事儿究竟和阮文斌被杀有没有关系呢?"

孟妍说:"肯定有关系,但到底是什么关系,我们还需要再调查。"

高峻打着了火,驾车往警队方向驶去。他们一路上没说一句话,但脑子里都在飞速盘算着同一个问题,就是阮文斌涂改成绩单被杜庆发、张义强看到,又被他们敲诈的事儿,和蜂鸟社区那起涉及两条人命的案子,到底有什么联系。

他们感觉到自己走进了一座巨大的迷宫,各种线索就像万花筒里的花瓣一样在自己面前飞来飞去。但是,哪一条线索是有效的,哪一条线索能让自己从迷宫里走出来,抵达最后的真相?

从十六年前到现在,这段隐秘的时间里,究竟发生了什么?

高峻驾车到了一个十字路口,正遇到红灯。警车停下了,两人仍在继续沉思。忽然,孟妍的手机响了:"是户籍科大吴打来的。"她说着,接通了电话。

绿灯亮了,高峻继续开车,通过眼角看到孟妍的神情在不断变化着。到了公安局,孟妍的电话也打完了。她告诉高峻,十年前死去的那个杜庆发,是在康养医院死的,死于多处脏器衰竭。当时有法医对尸体进行了详细检查,可以确定,他的死因毫无可疑之处。

高峻想了想,说:"他当时也就是二十五六岁吧,怎么会多处脏器衰竭?"

"咱们局里历年来的法医尸检报告都保留着,咱们去看看就知道了。"

两人跳下警车,直接去了档案室,找到了十年前杜庆发的尸检报告。上面写得很清楚,杜庆发死于心、肺、脾、肝等内脏和大脑、脑干等多处脏器的衰竭。而根据他的病历,脏器衰竭的原因是他于死亡前一年意外触电,这导致他的身体机能和心智都遭到

第十一章 复盘 217

严重损坏。

高峻说:"也就是说,真正要了杜庆发的命的,是他死亡前一年的触电。触电这样的事儿,就算看起来是地地道道的意外,如果造成了这么严重的后果,当时也应该出警了。"

孟妍伸出胳膊,打了个响指:"那咱们再找找当时的出警记录。"

公安局的档案室,保留着成立以来所有的出警记录。头些年,每年的记录都很少,直到20世纪90年代后,出警记录才多了起来。到如今,这些年的出警记录已经堆积如山了。幸好,这些卷宗都是按照年份排列摆放的。高峻他们先找到十一年前,也就是1994年的出警记录汇编,然后一页页地翻看起来。

终于,他们在这一大摞一尺多厚的卷宗即将翻完的时候,才看到了关于杜庆发的那次记录。

当天的出警记录是这样的——

  出警警员:贾伟成

  报警人:市人民医院急救科护士李瑶

  接警时间:1994年12月17日5点23分

  出警时间:1994年12月17日5点28分

  出警地点:市前进街311号 原轴承厂职工宿舍楼2层17号

  出警过程:1994年12月17日清晨5点06分,市人民医院接到求救电话,称本市前进街的一处筒子楼里,发现居民杜庆发倒在地上,不知生死,人民医院的救护车十一分钟后抵达,发现杜庆发仍然有呼吸,对他进行了现场抢救,后送往医院进一步救治。虽然保住了他的性命,但他的身体机能已经被严重破坏。医院方面又通知了警方,市公安局治安科警员贾伟成对现场情况进行了勘查,判定是受害人自己因醉酒踢翻酒瓶,酒液溢出,与已磨损的电热炉电源线接触,发生漏电,以上多个因素共同导致受害人发生触电事故,并可排除他人蓄意作案。

后面还附了几张照片,既有杜庆发房间里的,也有整栋筒子楼的。从照片上看,杜庆发的生活谈不上拮据,但非常混乱。房间的角落里堆满了酒瓶,衣服和烟盒扔得到处都是。

"我觉得应当到那处筒子楼再去看看。"

两人盯着这份早已发黄的记录看了一阵子,高峻先说。

孟妍又琢磨了一会儿才说:"你有没有觉得有些奇怪?"

高峻侧脸看看她:"哪儿奇怪?"

孟妍伸出手指,指着上面的那行字"以上多个因素共同导致受害人发生触电事故,并可排除他人蓄意作案",说:"有没有让你想起什么来?"

高峻点头:"这和张义强那个案子倒是真有点儿像。这两起案子,无论最后的结果是什么,无论背后的真相是什么,从表面看上去,都非常像意外事件。这案子像是触电,张义强那案子呢?像是死于药酒服用过量。就连蜂鸟社区那个案子,看上去不就是一个显而易见的正当防卫吗?"说到这里,他稍一沉思,摇摇头说,"这仨案子,如果真是有人故意布的局,那这人算得上犯罪大师了。"

孟妍一仰脸,一甩头发,说:"哼,就算他是犯罪大师,咱俩加上阎叔,还比不过一个福尔摩斯啊? 走,瞅瞅筒子楼去。"

两人按照出警记录上的地址,赶到了当年杜庆发的住处。可是,最近这十年,是本市历史上变化最大的十年,尤其是前进街所在的地段,因为靠近两所名牌小学,成了全市学龄儿童家长们向往的居住地。这也吸引了多家房地产开发商在那一带大肆开发。如今,那里几乎所有建于20世纪五六十年代的建筑都不复存在,取而代之的是各个新式楼盘。那座筒子楼当然也不例外,取而代之的是,一座已经经营了三年的著名连锁超市。

而且,整个街区也截然不同了。从出警记录的照片来看,当年筒子楼四周都是低矮破旧的民房,可如今这一带已经在历经多次拆迁后,变成了颇为繁华的商业街区。

两人商量了一下,找到这一带的街道居委会,想看看有没有哪位工作人员还记得当年那起触电事故。可是,等他们到了居委会亮明了身份,说明了来意,两个年纪轻轻的街道干部表示,他们是两年前才大学毕业到这里工作的,对此前的事情并不了解。

"小伙子,你说的那个触电的,是不是杜兴明家的那个小子啊?"

两名刑警正感到失望,而在居委会里下棋的几个老年人里,却有人对他们说。他们转身一看,只见一个七十出头、穿着件铁灰色厚毛衣的老大爷,抬起头在说话。

高峻连忙问:"大爷,我说的这个人,名叫杜庆发,的确姓杜。他触电这事儿,您知道吗?"

那老大爷说:"不光我,当初轴承厂的老职工,谁不知道?哼,这小子,成天喝酒闹事儿,早早地就把他爸留给他的那点儿家底弄了个精光。最后他死在这个酒上,也算活该。"

他话音未落,旁边的几个老年人也跟着他说了起来,都是在说杜庆发当年如何吃喝嫖赌。居委会的年轻小伙子低声告诉高峻,轴承厂和家属楼整体拆迁后,厂里的一些老工人舍不得这一片地方,就在附近买了商品房,他们经常来居委会打个牌下个棋什么的。

这时,一个戴着黑色棉线帽子的老大爷瓮声瓮气地说:"杜庆发是个没出息的玩意儿,这个不假,可我就一直闹不明白,他爹杜兴国跟咱们一样,也是在厂里干了一辈子的老工人,能给他留下多少家底,能供他那些年一天班都不上,就那么游手好闲地混日子?还有,他从来都是见了酒不要命,不把酒喝完从来不睡觉,可那天他怎么会在床边搁上两瓶一口没喝的啤酒?"

听到这里,两名刑警马上警觉起来。高峻蹲了下来,靠在这个老大爷旁边,说:"大爷,您刚才说杜庆发从前都是要把酒当天喝完?"

老大爷说:"那可不!"

高峻慢慢站直,他和孟妍互相看了看,眉头都紧紧皱了起来。

孟妍不太有把握地压低声音说:"难道杜庆发真的死于他杀?凶手会不会是阮文斌?后来,张义强又拿这件事儿敲诈他?"

两人回到刑警队,从阮文斌留下的那两只纸箱子里,按照杜庆发、张义强的死亡时间,找到了阮文斌当时的活动轨迹。当时,阮文斌一次是在外地参加一次培训,一次是天天忙于海悦商城的经营。

高峻、孟妍当然不会完全相信纸箱里的材料,他们分别向阮文斌当时供职的商业街和海悦商城求证。对方告诉他们,材料里的情况完全属实,阮文斌根本没有去杀杜庆发、张义强的时间。

在这两人被杀时,每次阮文斌都有大量的时间证人。高峻还在箱子底部抽出一张十五寸的彩色合影来。阮文斌赫然站在合影人群的第二排,合影上方有一行烫金字"全国商业系统青年干部思想政治教育培训班",右下方还有打印上去的时间、地点:

1994.12.17　8:00　海南　三亚

高峻和孟妍一起摇摇头,他们都明白,杜庆发触电发生在拍下这张会议合影的当天凌晨,而本市在当时和三亚之间,并没有这个时间的直达航班。这也就意味着,杜庆发触电就算是有人故意作案,也绝不会出自阮文斌之手,他肯定没有作案时间。

放下电话,高峻说:"从咱们现在掌握的情况来看,阮文斌和杜庆发、张义强的死无关。我觉得这个案子里,肯定还有一个一直隐藏着的人!"

孟妍说:"杀死杜庆发和张义强的人,是不是就是那个在蜂鸟社区命案现场出现过的人呢?也就是说,连上阮文斌和桑丽菁,四个人都是他杀的。"

她脑袋一歪,琢磨了一会儿,然后快步走到办公室的角落里,从那一排贴着墙放的铁皮档案柜里,找出一块带着支架的黑板。从前,刑警队里开会时,一直是把各种破案线索写在这块黑板上,供大家分析案情。后来,刑警队里添置了笔记本电脑和投影仪,有了这些高科技设备,黑板自然也就下岗了。

可是,经常有刑警说,还是黑板好用,因为可以很方便地在上面擦擦写写。

孟妍擦了擦黑板上的灰尘,就把目前掌握到的各种信息沿着一条直线画在上面——

1989年1月,阮文斌涂改成绩单,被杜庆发、张义强发现;

1989年9月,阮文斌被保送上大学;

1990年7月,杜庆发、张义强高中毕业;

1993年,阮文斌大学毕业,开始向杜庆发、张义强按月转账;

1994年,张义强因盗窃罪入狱,同年12月,杜庆发触电;

1995年,杜庆发死亡,阮文斌只向张义强转账;

2001年,阮文斌任海悦商城总经理;

2002年,张义强出狱;

2003年,张义强死亡,阮文斌停止转账;

2005年,阮文斌、桑丽菁死亡。

高峻不出声地看着孟妍画线,最后,他看着这条线,说:"从这个时间线来看,阮文斌涂改成绩单被人看到这件事,难道真的会让他在这么长的时间内心甘情愿被人敲诈?我觉得不太像。"

孟妍指着"任海悦商城总经理"这几个字,说:"尤其是从2001年开始,他已经脱离体制,当上了企业家,当年的事儿,对他完全不会有任何影响了。说不定在饭局上,他自己都会把为了保送上大学而涂改成绩单的事儿当成笑话主动说出来。"

高峻点点头:"他一直给别人转账,唯一的原因,就是在第一次被敲诈后,他又因为别的事再次被敲诈,这次他犯的事儿,比涂改成绩单大得多!"

"但是,这究竟是件什么事儿呢?"孟妍握着粉笔,在黑板上连画了几个问号。

高峻也紧盯着黑板,想从这道时间线里看出隐藏着的秘密。

那时的他们还不知道,就在这条时间线的缝隙里,隐藏着一个女人所有的秘密,有她的屈辱,有她的噩梦,有她精心布置杀人计划时的仇恨,也有她完成复仇时的快意。

这所有的秘密,都隐藏在她最隐秘的时间里。

第十二章　真相

此时,早就过了下班时间,暮色笼罩了整座城市,公安局里也比白天安静了很多。因为白天就没好好吃饭,高峻、孟妍两人的肚子都咕咕叫了起来。

"真想阎婶包的馄饨、阎叔煮的面了,"高峻说,"对了,咱们也该去看看阎叔了。"

孟妍瞅了一眼挂钟:"嗯,这会儿正好是探视时间,那咱们去看阎叔,回来再重新研究阮文斌的那两只大纸箱子,看看能不能发现他还干过什么坏事儿。甭管是他自愿干,还是被杜庆发和张义强逼着干,只要他干过,纸箱子里说不定就有线索。"

高峻:"我觉得,这两天咱们查案的进度还挺快,你猜阎叔会不会说:'你们把这个案子查到了这一步,距离真相大白就差一层窗户纸了。你们干得不错,不错。'"

孟妍:"我猜不会。我觉得概率更大的是,阎叔到时会说:'虽然这案子只剩下一层窗户纸了,但是,小高、小孟,案件最关键的,往往就是最后一步。'"

两人出了警局,买了束花就去了医院。在病房里,阎婶正喂着阎钊吃晚饭,阎钊吃了几口,就摇头表示自己吃饱了,阎婶则把脸一板,把小勺往他嘴边送,阎钊只得张开嘴,无奈地咽下去。高峻和孟妍看到他们老两口的温馨场景,微笑着站在门口。

阎钊见他们来了,更加果断地摇头,强调自己的确吃得差不多了。阎婶这才收拾好碗筷去了水房,阎钊拍了拍床边,又指了指旁边的圆凳,让他们坐下,然后问:"你们两天没来,案子准是有新进展了。"

两人点点头,孟妍把案情复述了一遍,听得阎钊直点头。说到最后,高峻和孟妍对视了一眼,等着阎钊说出意见。

可是,阎钊只是微笑着看着他们,却一句话不说。孟妍先忍不住了:"阎叔,你还有要叮嘱我们的吗?"

阎钊慢慢地摇摇头,然后才说:"没有。"他看到两人的神情都不太自然,又说,"这个案子,你们查的时间不短了,看起来也很快能查明案情结案了。但是,你们要记住,有时候刑警查到的,的确是案件的真相,但有时也只不过是罪犯有意让你看到的。越是狡猾的罪犯,越是会让你觉得,一切都是你自己查出来的。这个时候,往往就是最考验一个刑警的智慧的时候。"

高峻和孟妍离开病房,又去附近找了家餐馆简单吃了晚饭,就回到了刑警队。

他们把纸箱子里的物品,按照画在黑板上的时间线一一排列出来,想看看能否发现新的线索。

这时,刑警队办公室房门被打开了,局长走了进来。

"刚才我去医院看望老阎,还和他的主治医生聊了聊。老阎说你们刚来过,我们都猜你们还会回来,嗯,我们这两个老刑警,看来脑子还管用,果然没猜错。这两只纸箱子,你们本来在这上面花的工夫就不少了,现在又在研究它,肯定是有新发现了。"

高峻和孟妍把蜂鸟社区1102号公寓命案的进度情况汇报了一下。局长说:"这个案子的真相,肯定比案发现场给人的感觉要复杂很多,既然还有陈年旧案和这起案子有关,我们一定要一查到底。"他看到那块黑板上写满了案情,微微一笑,走到黑板前,抚摸着黑板的边框,说,"这块黑板啊,说不定比你们的年纪都大。我当年在刑警队时,队里就一直用这块黑板。"

高峻说:"局长,那这黑板肯定是不少案子的见证者吧?"

局长点点头:"是啊,当时大伙儿围在黑板前,七嘴八舌地说自己的想法,经常是说着说着,就把破案的点子给找着了。"

孟妍说:"对了,局长,刚才在医院里,关于阎叔的病情,医院的主治医生怎么说?"

局长说:"医生说了,这次老阎心梗发作,主要是工作压力大,长期过度疲劳,以后要多注意休息。他再观察上两天,然后做个比较全面的检查,就可以出院了。"

局长走后,高峻抱着胳膊,围着黑板走了几圈,又停下来说:"我觉得,既然我们要查清,除了涂改成绩单,阮文斌究竟还有什么把柄握在杜庆发和张义强的手里,应该把调查的时间放在这一段。"

他走到黑板前,拿起粉笔,在"1989 年 9 月,阮文斌保送上大学"和"1993 年,阮文斌大学毕业,开始向杜庆发、张义强按月转账"这两行字下面重重画了一条线。

"在这段时间里,杜庆发他们手里的把柄,足以能够威胁当时还是大学生的阮文斌。因为一旦涂改成绩单的事儿被戳穿,他有可能被开除学籍。"

孟妍点点头:"参加工作后,这种陈年往事的影响就小得多了。但是,他究竟又有什么新的把柄被杜庆发他们抓住了呢?"

高峻指了指那一行"1994 年,张义强因抢劫罪入狱",说:"你看这里。当时张义强被判了八年,结果他真的就在监狱里足足待了八年。按照规定,在服刑期间,如果有检举立功的话,是可以减刑的。张义强的背景,两年前咱们查他被药酒毒死的案子时,都已经查得很清楚了,他在服刑期间没有这样检举过谁。"

孟妍点点头:"这说明,他和杜庆发逼迫阮文斌干的坏事,他们自己肯定也参加了。揭发阮文斌的话,就会把自己也暴露出来。所以,张义强只能老老实实地坐满八年牢。"

"我们看来要查一下从阮文斌上大学,一直到他毕业后有了工资,开始给杜庆发、张义强转账这段时间里,未破获的各种案件，看看有没有符合这种团伙作案特点的。"

两人来到档案室，请值班警员调出了本市1989年到1993年各种悬案的资料。这种案件一共一千三百多件，大多是盗窃、抢夺之类的治安案件，里面符合团伙作案特征的案件，只有五十七件。

这些案件里，可以确定是两人作案的，又有三十一件。也就是说，三人团伙作案的未破获案件，最多也就是二十六件。

档案室警员把这些案件的卷宗摆到他们面前，高峻扫了一眼堆到一起的卷宗，说："到了1994年，张义强就因为抢劫罪被判刑，而且，那次他的抢劫对象是一家小杂货铺，可见当时他手头有多么拮据。那时，虽然阮文斌已经开始按月给他和杜庆发转账，但阮文斌毕竟也刚参加工作，收入不高。这也就意味着，在一年前，他所参加的团伙作案，并不是涉案金额巨大的盗窃、抢劫、诈骗之类的涉财案件。"

说到这里，他把面前卷宗封面上的文字看了一遍，然后从卷宗中拿出了一大半案子，交还给档案室警员。他数了数剩下的卷宗，说："除去这类案件后，只剩下七个案子。"

孟妍攥起拳头，朝空中一挥："好，咱们再把这七个案子重新研究一下。"说完，她就扯过其中一个案子的卷宗，马上就要撕开。

"不对劲！咱们还得再琢磨琢磨！"高峻拽住她的胳膊，皱着眉头说，"你看，当时杜庆发和张义强胁迫阮文斌干坏事，目的并不是真的抢钱或者杀人，对吧？他们的目的是以此作为长期要挟阮文斌的把柄。他们必须考虑到,这个案子如果被警方破了,自己被绳之以法,所有的算计,不就玩完了吗?所以,他们必须保证警方不会破案。但是,世界上哪有百分之百不会被破的案子?这种情况下,他们最有可能怎么办?"

孟妍眨眨眼,似乎明白了:"你的意思是,他们在干坏事前,就要确定受害人不会报案,这样的话,警方压根儿就不知道有这么个案子?"

高峻的表情凝重起来:"世界上的案子有千千万万种,但符合这个条件的案子,只有两种。"

孟妍浑身一震,点了点头。

此时,已经又是深夜时分了。偶尔一阵汽车低沉的行驶声从马路上传来,成为刑警队办公室里唯一能听到的声音。

两名刑警谁也没说话,一阵难以形容的氛围在两人中间出现了。他们都是很年轻的刑警,从警时间加起来也不过六七年,他们的刑侦经验虽然谈不上多么丰富,但每人都心里有数,符合受害者不会报警这一特征的案件,一般来说只有两种。

一种是抢劫、盗窃的对象,是那些来源本来就不合法的财物,比如贪污受贿获得的财产。这样的案件里,即使损失再大,受害人也不敢报案。

另外一种,则是强奸案的受害人。有很多人出于名誉的考虑,或者不愿再一次回忆自己被伤害被蹂躏的过程,最终没有

第十二章 真相

报案。

具体到他们正在侦查的案子,在作案后的第二年,张义强就因为抢劫罪被判入狱,而他抢劫的目标,只不过是城乡接合部的一家小杂货铺,也仅仅抢到一千多元,这说明他们当初共同犯下的罪行,很可能既不是抢钱,也不是偷钱。

更何况,他们都在时隔多年之后,先后遭到报复,每个人都死在对方手里。这也可以看出,他们当年一定给别人造成了残酷的伤害,才会遭到这么毫不留情的报复。

两人沉默了一会儿,还是高峻首先打破了办公室里的寂静。他说:"如果他们犯下的是强奸罪,那么这就意味着,如果从杜庆发触电开始算起,是一个女人,在历时十一年的时间里,一个又一个地杀了三个强奸过自己的人。可见,当初她所遭受的创伤有多么残酷。"

孟妍没有说话,高峻侧头一看,她的嘴唇翕动,双拳紧握,眼睛中蒙着一层淡淡的水汽。显然,她整个人正处于一种复杂的情绪中。

这种情绪中,有痛恨,有震惊,有哀伤,而更多的还是一种同为女人的同情。

"或许,还是女人最了解女人吧。"

高峻正想着,孟妍伸出手掌,用力揉了几下自己的脸。她用力朝高峻笑了笑,说:"从现在的线索看,他们共同犯下的,的确是强奸罪的可能性最大。好吧,不悲天悯人了,咱们继续研究案情,看看怎么样才能把这个当年的受害者,今天的凶手找出来。"

孟妍边说边站到了黑板旁边,清清嗓子,说:"强奸是所有暴力犯罪中报案率最低的,这是因为——"她停了下来,瞪了一眼高峻,"你老看着我干吗?"

高峻微笑着说:"今天不早了,你还是早点回去休息,明天咱们把最新的发现给局长说一下,听一下局长的意见。"

孟妍把脸一板:"局长的意见,肯定是让咱们尽快破案啊。你不用担心我,我是警察,能克服个人的情绪,不会把情绪带到案子里。"

高峻说:"我不是担心案子。"

孟妍转过脸看着他,表情坦然:"我就更不需要担心了。来到警队后的这两年,我抓过的女扒手、女抢劫犯还少吗?我知道这道理,这凶手再可怜,再值得同情,我们也不能被自己的情绪左右,必须严格依法办案。"

高峻点点头,表示相信她的话。孟妍这才说:"其实,即使是强奸案的受害者,这些年报案率也在不断上升。如果真的存在这样一起没有报案的强奸案的话,杜庆发他们是如何百分之百确定受害者不会报案呢?"

高峻想了想,说:"很多不肯报案的强奸罪受害者有个共同的特征,就是格外自尊,担心这样会让自己的名声被人诋毁。她们觉得如果自己不报案,这件事也就很快过去了。她们不知道,只有她们自己报案后,让强奸自己的人落入法网,得到应有的惩

第十二章 真相

罚,自己才会获得真正的解脱。否则,她们会一辈子生活在被强奸的阴影里。但问题是,那三个人是如何确定谁在被强奸后不会报案呢?"

两人又沉默了好一会儿,高峻走到黑板前,久久地盯着上面的每一行字迹。过了许久,他像是想到了什么,拿着粉笔,飞快地在"1989年9月,阮文斌保送上大学"和"1990年7月,杜庆发、张义强高中毕业"这两行字迹下面重重画了两道横线。

孟妍也走了过来,说:"你发现了什么吗?"

高峻指着这两行字迹:"你看,在这个时间段内,他们三个人的生活都和同一件事密不可分。"

孟妍点点头:"我知道,你说的是高考。"她转身看着高峻,"你的意思是,他们会对一个即将参加高考的女孩下手?"

"咱们已经分析过,这三个人共同犯罪的事儿,最有可能发生在阮文斌的大学阶段。其实,在这个时间段里,不仅阮文斌还只是一个大学生,杜庆发和张义强也不过刚刚高中毕业。在他们的头脑里,都还保留着学生时期对高考的心理,觉得这件事对人的一辈子非常重要,绝对不能受到影响。就算杜庆发和张义强两人是差生,整天逃学旷课,打台球、看录像、泡电子游戏厅,但是他们也肯定知道,绝大多数的高三学生对高考是非常重视的。也就是说,在他们看来,去伤害一个临近高考的女生,受害者不会报警的可能性,肯定比起已经工作了的女性,会大得多。"

"你说的挺有道理。但是,全市有两百多所中学,每年有上万名高中毕业生参加高考,到哪里去找你说的受害者?"

高峻双手揣进裤兜,在刑警队办公室里来回踱步。走了十几个来回后,他猛地站住,呼地一下转过身,对孟妍说:"我们就把这两百多个中学都走访一下,尽量找到当年的毕业班班主任,让他们回想一下当时自己的学生里有没有谁的表现有异常,尤其要问清楚当时有没有哪个女生发挥失常。"

接下来的一周,高峻和孟妍跑遍了本市的两百多所中学,拜访了尚在学校教书的当年毕业班班主任。即使有的班主任已经退休,他们也通过学校要到了他们的电话号码。但是,这些老师的回答基本一致,都说不记得哪个学生当年有过特别的行为。

这不难理解,任何一个市民家庭,家里如果有高三考生,一定会照顾得无微不至。如果有谁心理上有了波动,学校、家庭各个方面一定会齐上阵,帮助考生把心理稳定下来。

这天下午,他们来到最后一所中学——光明中学,因为高峻已经提前和学校方面联系好,学校方面组织了当年的三名班主任来接待公安局刑警队的造访。

其中一名班主任已经退休八年了,还有一个已经荣升为本校副校长,不再担任教学一线工作,只有一个尚在任教,正担任目前这届高三毕业班的班主任。

在学校会议室里,三位当年的班主任端坐在会议桌的一侧,两名刑警则坐在另一侧。第一个问题,高峻请他们回想一下

1990年高考时,有没有哪个学生发挥失常。

三位老师回想了一下当年的情形,都说,那一年是本校的一次"大年",几个毕业班的成绩都不错,没有哪个学生考得格外差,超常发挥的倒是有几个。

孟妍接着问:"毕业班里,有没有哪个女生的精神状态出现过异常?"

三位班主任没有任何犹豫,微笑着一起摇了摇头。两名刑警互相看了看,他们明白,这三位都是女老师,毫无疑问,她们对自己班上女生的状态,说不定比女生的父母掌握得更细致。

会议室里陷入沉默,气氛也有些尴尬。高峻和孟妍都在想,这毕竟是自己调查的最后一所中学了,难道调查方向真的错了?

很多单位的会议室,往往也是荣誉陈列室。在三位班主任身后一人多高、三米多长的玻璃柜里,摆满了大大小小的奖杯、奖牌和获奖证书。还有几个镜框,照片上的学生,要么正站在演讲台上侃侃而谈,要么正和某位领导握手。

孟妍的目光扫向玻璃柜,说:"光明中学真不愧是重点中学,获得的荣誉这么多。"

那位副校长脸上的笑意更浓了,她说:"学校嘛,就是教书育人,把学生培养好了,对国家对社会有用,就是学校最大的荣誉。是不是得这种奖那种奖,倒不重要。"

话虽如此,她还是站起身,要从玻璃柜里把分量最重的几个奖杯拿出来。高峻和孟妍连忙说:"您别忙,我们自己过来看。"

他们转过会议桌,到了玻璃柜前。那位副校长给他们一一介绍了学校获得过的各项荣誉,还有历届优秀学生。

"对了,这个女生就是那届毕业生,是米老师的学生。"副校长指着一个镜框说。照片上,一个身材单薄、面容姣好的女生正在做演讲。她胸口挂着一块奖牌,脸上神情似乎略有些紧张,整个身形有些僵硬,眼眶里也闪着泪光。这张照片虽然被装在镜框里,但边缘已经有些发黄的痕迹,照片的清晰度也不是特别高,看得出是多年前拍下的。

米老师就是那位已经退休的班主任,她接过话茬说:"这女生名叫谢思慧,在整个高中阶段,她的考试成绩就没出过前三名。她还被选上过市级三好学生,这张照片就是她在市少代会上作为中学生代表在演讲。"

那位副校长说:"我们这所中学出过很多市级三好学生,但在少代会上作为学生代表进行演讲,她还是第一个。"米老师叹口气,接着说,"她从小其实挺苦的,她父亲在工厂里出了事故,半身瘫痪,母亲也有哮喘病,她不光要学习,还要维持整个家。后来,她还上了报纸,市里还安排她去各个学校做过报告。"

听到这里,高峻和孟妍互相看了一眼,微微点点头,"就是她"。他们心里都在说,看来正是因为她的事迹在各个学校都很出名,才让杜庆发他们几个知道了她的情况,觉得强奸了她,她也不会报警。

"这个孩子的确很优秀。"副校长指着另外一个镜框,说,"你

第十二章 真相 237

们看看,这也是她。"

这张照片看起来就崭新多了,照片上是一个身穿精致套装、肤色白皙、三十岁出头的青年女性和一位中年男性的合影,他们站在一个摆满鲜花的主席台上,两人中间是一张放大了的支票,支票的面额是五十万元。

副校长说:"谢思慧当年的高考成绩很出色,完全能去读清华、北大,但她最后还是选择报考了市财经大学。毕业后她先是进了银行,后来下海经商,成立了自己的证券公司。你们看,这是去年她给学校捐款时,和罗校长拍的合影。"

高峻和孟妍看着两张照片,第一张照片里的羞怯,在第二张里已经没有了踪影,她的眼神里只剩下自信和振奋。

"十五年的时间,把一个穷苦人家的小女孩,一个女中学生,变成了一位优秀的女企业家,这就是时间的魔力啊。"副校长在他们身后感叹着。

此时,所有的线索都已经贯穿在一起,所有的谜都可以解开。高峻和孟妍心想:"十五年的时间,还会把一个涉世未深的女学生变成一个工于心计的罪犯,把一个暴力犯罪的受害者变成杀害无辜的凶手。"

已是黄昏时分,夕阳的光线透过会议室的落地窗洒了进来,给玻璃柜的照片镀上了一层金色。照片里站在主席台上的谢思慧,看起来更加高贵、端庄。她的气场,甚至压过了主席台上的十几个男人。

孟妍转过身,看着这三位当年的班主任,说:"我们需要把这两张照片带回去进行调查。另外,今天调查的情况,请几位老师别向任何人透露。"

她们的神情一下子变得愕然,眼神中充满了不可思议,那位米老师更是惊呆了,几乎是条件反射一般,张大了嘴。

高峻和孟妍回到公安局,把情况向局长进行了汇报。他们告诉局长,根据已有线索,可以将犯罪嫌疑人锁定为谢思慧。局长表示,只要他们搜集到足够的证据,就可以正式逮捕谢思慧。局长还同意再派遣更多警力帮助他们搜集证据。

汇报完毕,高峻和孟妍就想回到自己办公室。今天应该是阎钊出院的时间,按照阎钊的脾气,肯定一出院就会来到刑警队办公室。但是,刚才在一楼走廊里,他们看到刑警队办公室那边却是静悄悄的。这时,他们看到局长的眼神有些异样,两人互相看看,都有些诧异。

孟妍说:"局长,您是不是还有事儿跟我们说?"

局长看着他们,原本锐利、明亮的眼神有些发暗,他说:"昨天在出院前体检中,老阎跟医生说他最近老是头疼、耳鸣的事儿。医生先是给他拍了CT,后来又做了鼻咽纤维镜和病理涂片检查,最后确诊为鼻咽癌晚期,而且癌细胞已经开始扩散。"

这样的结果,是高峻和孟妍万万没想到的。两人惊讶得说不出话。局长又说:"关于治疗方案,医生说,要么保守治疗,要么做手术。手术成功的希望只有百分之三十,但如果不做手术,癌细胞继续扩散,老阎最多只能活两个月。老阎当即就说,要做手术。现在老阎已经进了重症监护室,医生建议尽快手术,目前手术的时间排在明晚9点。"

高峻心想,这么干脆利落,倒的确是阎钊这样的老刑警的风格。孟妍红着眼圈,说:"那就是说,阎叔有百分之七十的可能会下不来手术台?"

局长双拳紧握着按在桌面上,眼睛盯着他们,说:"老阎已经做出了选择,这个时候,我们能做的,就是必须无条件地相信医生。"

高峻和孟妍眼含热泪,慢慢点了点头。

第二天,多名刑警按照高峻他们掌握到的线索,分头在全市各地搜集证据。一直到了这天晚上8点,才把所需要的人证、物证搜集到位。晚上9点,除了还在医院的阎钊,市公安局全部刑警集中在刑警队大办公室,局长也来到刑警队,亲自部署抓捕方案。

在这次会议上,高峻介绍了已经掌握的证据——

蜂鸟社区7号楼1102号公寓命案中的女性死者桑丽菁,生前在本市惠万家超市担任收银员,经过走访,该超市周围有多名居民通过辨认嫌疑人谢思慧的照片,认出谢思慧曾经在超市附近出现。1102号公寓的业主是通过电话联系将公寓出租的,她曾经在和承租人协商租房时录下了通话内容,经过市公安局技术专家的比对,谢思慧的声纹和该录音中的声纹完全一致。

谢思慧还涉嫌制造了1994年、2003年的两起谋杀案。其中,2003年谋杀案的死者张义强,系川乌药酒中毒而死。我市出售川乌的中药店中,有一家药店的营业员通过谢思慧的照片辨认出,她曾于案发前数月在该店购买大量川乌。

1994年的杜庆发触电案,从目前调查的结果来看,有很大的可能是谢思慧谋杀未遂所致。据调查,杜庆发触电前曾经多次去一家名为"花想容"的夜总会消费,该夜总会的老板至今仍在经营多家歌舞厅、洗浴中心,他在看过谢思慧的照片后表示,当时她经常出现在夜总会中,自己还一度认为她是一名暗娼。因为年轻女性可以为夜总会招徕人气,他也就没多过问。更重要的是,杜庆发触电的前一天晚上,他曾见到杜庆发和此人一起离开。

综合上述疑点,在这三起案件中,谢思慧均有重大嫌疑。

接下来,局长说,关于谢思慧是否涉案,目前还没有更加确凿的直接证据,这需要在搜查中取得。他布置了三个搜查方向,分别是谢思慧的家、办公室,以及当晚谢思慧计划参加的年会晚宴。

如果在谢思慧的家和办公室里发现更加有力的证据,那么第三组警员将在谢思慧名下那家证券公司的年会现场逮捕谢思慧。

就在刑警队长将三路警员调配完毕,由局长发布最后的出发命令时,局长的手机响了。

这是医院方面打来的电话,阎钊的主治医生告诉他,阎钊的病情比预想的严重,癌细胞的扩散面积要大很多,手术进行得很困难,目前只能通过呼吸机直接向肺中输送氧气。

局长挂断电话时已经热泪盈眶,他稍作调整,把思路转回到眼下的工作中,连续发出命令,三路警员带着搜查令正式出动。

前两路的搜查都取得了预期效果。孟妍在谢思慧卧室衣柜中,在一双皮鞋的鞋面和鞋底,以及一件大衣上,均发现了鲁米诺反应。也就是说,这两件物品都曾沾染有血迹。后来,经过警方技术部门鉴定,血迹中含有两个人的 DNA,并且和蜂鸟社区 7 号楼 1102 号公寓两名死者阮文斌、桑丽菁的 DNA 完全一致。

高峻在搜查谢思慧的办公室时,发现了一部手机,来到现场的技术部门警员已经对手机储存卡中的内容进行了恢复,发现了一张桑丽菁供职的那家超市收银机内现金情况的照片。这张照片和超市老板所收到的桑丽菁发给她的照片完全一致。警方还在这部手机上提取到桑丽菁的指纹。

两路刑警把搜查情况报告给了局长,局长表示证据链已经很清晰,马上命令第三路警员在晚宴现场逮捕谢思慧。

第十三章　手术

此时已经是午夜时分,这场晚宴也进行到了高潮。谢思慧觉得很累,很疲惫,精神却有些越来越亢奋。自从来到这个晚宴现场,她就处于一种比平时兴奋的状态。在和各路嘉宾握手时,她用力格外大,有时握手还不尽兴,她甚至会快步向前再拍拍对方的肩膀。在端着装满香槟的高脚杯和别人碰杯时,她也把杯子碰得格外响亮。如果有人说了笑话,哪怕并不可笑,她也会旁若无人地纵声大笑。

这种年会上,抽奖历来都是最受欢迎的环节。在原定的安排里,她作为证券公司的创始人、董事长,只负责从那只包着红纸的纸箱子里抽出代表着最高奖一等奖的纸条,然后念出上面的号码。但这天晚上,她却从最末等的五等奖开始,一直开到了一等奖。她还直直地伸出胳膊,犹如那些综艺节目主持人一样,用颇为夸张的姿势和神情,远远指向人群中站起的获奖者。

助理丁菀都有些惶恐了,她在台下提心吊胆地看着谢思慧,不知道她为什么会进入这种过度亢奋的状态。

谢思慧酒越喝越多,体力也被迅速消耗,双脚都有些站不稳了。很快,她觉得自己的声带不再属于自己了,声带发出来的声音,每个字都是飘飘忽忽的。台下那些攒动着的人脸,仿佛变得一模一样。从这些一开一合的嘴里冒出的话,在酒店大厅的天花板上汇集成一阵嗡嗡的噪音,像一条灰色的、材质粗糙的毯子一样从半空中向自己压过来。

丁菀见她眼神不对劲,赶紧爬上主席台,把她连搀带拖地弄进了休息室。她半躺在真皮沙发上,指着休息室里的每一个人,大声说着让他们出去。于是,休息室里彻底安静下来,只剩下她自己。这时,她才慢慢意识到,刚才那么兴奋,是因为自己已经在潜意识里感觉到,这次杀了阮文斌和桑丽菁,自己不可能像从前杀杜庆发和张义强那么轻松地从案件里脱身。毕竟,杀杜庆发和张义强,她把现场伪造成了意外。警察只要一上当,自己就安全了。

但这次情况完全不同。这是一场地地道道的凶杀案。面对这样的现场,任何一名警察都会努力查明真相。自己的那些伎俩,在怀揣着使命的刑警面前,会有真正的效果吗?

正是因为对自己这次能否逃脱毫无把握,所以,她才要抓紧最后的自由时光,去最大限度地释放自己。想到这里,她捂着脸,痛苦地向沙发深处扭动身体,希望钻到某个黑暗的、与世隔绝的角落里去。终于,她累得一动也不能动了,只好慢慢平静下来,蜷缩在沙发的角落里,大声喘息着。这时,贵宾休息室的大门打开了,丁菀带着几个看起来腰板很直的人走了进来,站在她面前。酒意让她双眼蒙眬,看不清来人的表情,只能察觉出他们的表情很严肃,动作很坚决。

一瞬间,她就猜到了这几个人的身份。

"我是谢思慧,我知道你们为什么找我。"她希望自己保留最后的一丝尊严,慢慢站起身来,整理了一下衣服,然后闭上眼睛伸出了双手,等待着那一阵凉意围住自己的手腕。

高峻搜查完谢思慧的办公室后,在电话里问局长,阎钊的手术情况如何。局长告诉他,手术已经进行了三个小时,目前还没有结束:"老阎还在昏迷中,一直没有清醒。"

三路警员回到公安局后,高峻和孟妍立即对谢思慧进行审讯。谢思慧进入预审室后,很快就承认了自己的杀人罪行。出乎警方意料的是,除了警方所掌握的三起案件,原来她还杀死了另外一个人。

这个受害者,就是当初为杜庆发搬家的人。谢思慧去他的仓库,在杜庆发的遗留物品中寻找另外两个强奸自己的人的线索时,他利用她当时的急迫心理,强奸了她。

前不久,谢思慧成功复仇。当时她再一次来到这间火车站旁边的仓库,那个人还在。她假装对他念念不忘,再次和他发生关系。后来在他熟睡时,谢思慧放火烧了整座仓库,并在现场故意扔下自己从火车站出站口捡来的车票,让警方误以为这是一起流窜作案。

当审讯结束,谢思慧在审讯笔录上签字确认时,已经是清晨5点了。她还穿着那件晚宴上穿的晚礼服,只是肩膀上披着丁菀给她的一件夹克。她低下头,久久地看着长长的笔录,说:"我真没想到,你们警察真的能把阮文斌死在蜂鸟社区的这起案子给破了。我更没想到,你们真的能查到这起案子和两年前的案子、十年前的案子之间的关系。就连我没有报案的那起强奸案,你们都查到了。从1990年前我在高考前的那个晚上一直到今天,这十五年里,我既要像一个普通人一样,正正常常过日子,又要去一个接一个找到侮辱过自己的人,再想方设法一个接一个地杀掉他们。白天我是一位女企业家,要操心公司的发展、员工的福利,要惦记我父母的病情。到了晚上,我又成了一名处心积虑的杀人犯,考虑既要杀了那几个仇人,又不能留下线索让别人怀疑到自己。我太累了,真的太累了。从今天开始,我终于可以好好休息了。"

说完,她拿起笔飞快地在审讯笔录的末尾签上名,然后往椅背上一靠,长长出了一口气。

谢思慧被关进了刑事拘留室,高峻和孟妍马上赶到了医院。当他们走出电梯,向着手术室走过去时,远远看到在走廊的尽头,手术室门口的"手术中"提示灯正好变成了"手术结束"。他们快步走过去,只见手术室大门打开,里面的灯光照了出来,把原本昏暗的走廊照亮了很多。

  一名医生步履缓慢地走了出来,站在门口,缓缓摘下了口罩。口罩后他的神情,疲惫而沉重。局长从长椅上站起,向着医生,向着手术室,慢慢举起了右手……